文景

———————

Horizon

社 科 新 知　文 艺 新 潮

# 贩卖过去的人

O Vendedor de Passados

〔安哥拉〕若泽·爱德华多·阿瓜卢萨 著

José Eduardo Agualusa

朱豫歌 译

上海人&出版社

如果我必须重活一次，我要选择完全不同的事物。我想当挪威人。也许当波斯人。不当乌拉圭人，因为这就像是搬了个街区。

——豪尔赫·路易斯·博尔赫斯

# 目　录

小夜神

我在这栋房子里出生，又在这里长大，从未离开过它。黄昏时分，我将身体倚在窗玻璃上，凝望天空。我喜欢看着高高的火焰，看着疾行的云朵，还有它们之上的天使，成群的天使，发丝上抖落火花，宽阔的双翼在火焰中扇动。景象总是大同小异，但每一个午后，我都会来这里，愉快又激动，仿佛第一次见到这些。上周，费利什·文图拉来早了些，我吃了一惊，一边还在笑着，因为当时在屋外，一片混乱的蓝天之上，一朵巨大的云彩正转着圈，好像一条狗在试图扑灭烧着了尾巴的火。"唉，我不敢相信！你笑了?!"

　　生物的怪诞刺激到了我。我感到恐惧，却还一动不动。那位白化病人摘下墨镜，收进外套的里兜，然后满脸忧愁地慢慢脱下外套，小心地挂到椅背上。他挑出一张黑胶唱片，放上一架老旧留声机的唱盘。《给一条河流的摇篮曲》，来自有"知了"之称的巴西女歌手多拉，我猜她在1970年代享有一定的声誉。让我如此推测的是唱片封面的图案，一个穿着比基尼的女人，她黑皮肤，很漂亮，背上绑着几只宽大的蝴蝶翅膀。"知了多拉，《给一条河流的摇篮曲》，时下流行"。她的嗓音在空中燃烧。最近几周，这已经成了黄昏的背景配乐。我将歌词牢记于心。

什么也没有过去，什么也没有终结
过去就是
一条入睡的河
而记忆是一道
变化莫测的谎言

河水入睡了
白昼也在我的膝头
入睡了
伤痛入睡了
还有苦难
也入睡了

什么也没有过去，什么也没有终结

过去就是

一条睡着的河

宛如死去，气若游丝

唤醒它，它将跳跃

在一片呼声中


在灯光下，费利什等待着钢琴奏出的最后几个音符也消散而去。接着，他转动一张沙发，让它对着窗户，动作几乎没有声响。最后他总算坐下，伸开双腿，叹了口气：

"不敢相信！'小东西大人'刚才笑了?! 绝对是新奇事……"

我感觉他有点疲惫。他凑近我的脸，我能看清他充满血丝的眼睛。他呼出的气息将我的身躯包裹。是一种尖酸的温暖。

"糟透了，你的皮肤。咱们肯定是一家人。"

我一直等着这个。若是我说得出话来，肯定很没礼貌。我的发声器官却只许我发笑。但我还是试图冲着他的脸发出一阵激烈的大笑，某种能吓唬到他的声音，好让他从我这里走开。可是最后我只能发出漱口般微弱的声音。一直到上周，白化病人总是对我视而不见。但从那个时候起，就是从他听见我笑的时候开始，他就来得更早了。他会走进厨房，再出来时拿着一杯木瓜汁。他坐到沙发上，与我共享这场落日之宴。我们会交谈，或者说得更明白些，他讲话，我倾听。有时候我会笑，而这就让他满足了。我疑心一条友情之线已经将我们连在了一起。周六晚上，白化病人会领过来一个姑娘。都是又高又瘦、身体柔软的年轻女孩，双腿如鹭鸟般纤细。其中几个进来的时候还有点害怕，只坐在椅子边上，避免与费利什面对面，难以掩饰内心对他的排斥。她们喝点饮料，一口一口地喝，接着便默默地脱下衣服，躺下来伸展身体，手臂在胸前交叉，等待着他。

另一些女孩就更加大胆，她们贸然在屋子里乱逛，对着银器上的光泽与家具的品质指指点点。但她们很快又回到客厅里来，房间和走廊上成堆的书籍让她们吃惊不已，尤其还有戴高帽与单片眼镜的绅士肃穆的目光、罗安达和本格拉的贝桑加纳女人们玩味的目光[1]、穿节日礼服的葡萄牙海军军官惊奇的目光、一位19世纪的

---

[1] 罗安达是安哥拉首都和第一大城市，本格拉是位于安哥拉西部的港口城市。贝桑加纳在安哥拉常用语言金邦杜语中意为"受祝福的女士"，多指仍遵循传统习俗且受人尊敬的年长女性。——中译注，下同

刚果王子疯狂的目光，还有一名著名的北美黑人作家挑衅的目光，所有这些人都在金色的边框中摆着永恒的姿势。她们又在书架上找起什么唱片。"你这儿没有库杜罗[1]吗，先生？"既然白化病人那里没有库杜罗，自然也没有基宗巴[2]，既没有奇迹乐队[3]，也没有保罗·弗洛雷斯[4]，这些时下的大热门。最后她们还是挑了一张封面最华丽的唱片，通常会是古巴的调子。她们跳起舞，在木地板上织出细小的舞步，同时一个接一个地解开衬衫的纽扣。完美无瑕的肌肤黝黑湿润、熠熠闪光，和白化病人干燥又粗糙的粉红色皮肤对比强烈。我什么都看见了。在这间房子里，我就像一个小小的夜晚之神。而在白天，我沉睡着。

---

[1] 起源于安哥拉的一种传统歌舞。

[2] 起源于安哥拉的一种双人舞蹈，特点在于流畅的动作。

[3] 安哥拉著名流行音乐组合，由五名音乐人组成。

[4] Paulo Flores（1972—　），安哥拉音乐家，使用葡萄牙语和金邦杜语写歌，经常以音乐揭露安哥拉的政治与社会问题。

房屋

这座房屋是活的，是有呼吸的。一整晚，我都能听见它的叹息。宽阔的墙壁由砖石和木材制成，总是凉凉的，即便是在正午，当阳光使得群鸟寂静，鞭笞着树木，融化了柏油路的时候。我沿着墙壁滑过，就像一只寄生在宿主皮肤上的蜱虫。倘若我抱住它，就能感受到一颗跳动的心脏。也许是我自己的。也许是房子的。都无关紧要。对我而言，一切都好。它给我带来了安全感。有时候，老埃斯佩兰萨会带来她最小的孙子。她背着他过来，用一块布紧紧裹住他，这是这片土地上的民间老法子。所有的活儿，她都这么做。清扫地板、掸去书本上的灰尘、打扫厨房、洗衣服，再用熨斗在上面熨过。那个小婴儿就把脑袋贴在她的背上，感受她的心跳和她的温度，觉得自己又回到了母亲的子宫里，便睡去了。我与这间房子也有着相似的关系。我已经说过，黄昏时我会待在客厅，贴着玻璃窗，注视着太阳渐渐死去。等到夜幕降临，我则徜徉在不同的地方。客厅连通着庭院，它很狭小，而且疏于打理，唯一的魅力只在两株壮观的帝国棕榈树，非常高大，极为高傲地分别屹立在两端，把守着房屋。客厅也与书房相连，从书房到走廊之间要穿过一扇大门。走廊就是一条深深的隧道，又潮又暗，通向卧室、餐厅和厨房。房子这部分面向后院。碧绿柔和的晨光从鳄梨树高高的枝杈上滤过，轻抚着墙壁。在走廊尽头，就是从客厅走进来的左手边，有一道窄小的楼梯艰难地立在那里，台阶坏了三级。拾级而上，就会到达类似阁楼的地方，白化病人很少到那里去。里面满是装着书的盒子。我也不经常过去。有蝙蝠在墙上沉睡，从头到脚都裹在漆黑的斗篷里。我不知道蜥蜴在不在蝙蝠的菜单上。最好还是不要知道了。同样的理由——恐惧阻止了我去后院探索。透过厨房、餐厅或是费利什房间的窗户，我看见杂草在玫瑰花丛中肆无忌惮地生长。一棵巨大的鳄梨树就矗立在院子正中央，枝繁叶茂。还有两棵高大的枇杷树，上面结着枇杷。还有十多棵木瓜树。费利什相信木瓜有再生的力量。一堵高墙将庭院围拢起来。墙顶上覆满了五颜六色的玻璃碎片，用水泥固定在那里。从我这里看去，像是一排獠牙。这样凶恶的手段也无法阻止男孩们时不时地跳过墙来偷鳄梨、枇杷和木瓜。他们在墙上放下一条木板，然后站起身来。我觉得，对这么一点收益而言，他们的行为太过火了。也许他们就不是为了品尝果子才这么做。我确信，他们这么做是为了品尝风险。或许从此以后，他们总能从风险中尝到成熟的枇杷味。让我们想象一下，他们中的一个将来会成为一名工兵。这个国家不缺工兵的工作。就在昨天，我还看见电视上播出了一次扫雷行动进程的报道。一个非政府组织领导人对数目的不确定性表示遗憾。没有人确切地知道安哥拉的土地里埋了多少颗地雷。一千万到两千万。地雷有可能比安哥拉人还多。因此，让我们假设一下，如果那些男孩中有一个成了工兵。每当他循迹穿过雷区，嘴里肯定都会出现一股久违的枇杷味。有一天他要面对一个不可回避的问题，是一个外国记者抛来的，混合了好奇与恐惧："清除地雷的时候，你在想什么？"

然后那个仍在他身体里面的男孩微笑着回答："在想枇杷，先生。"

对这件事，老埃斯佩兰萨认为，正是墙壁引来了小偷。我听见她这么和费利什说。白化病人面向她，被逗乐了："都想来这儿看看呢，我家里竟然有个无政府主义者?! 等会儿我就会发现你正在读巴枯宁 [1] 了。"

他说完，就没再注意她了。老埃斯佩兰萨从没读过巴枯宁，这是当然的；不仅如此，她从没读过任何一本书，她不识几个字。不过总的来说，我慢慢学到了许多有关生活的事，或者说，是有关在这个国家里的生活，在一个醉人的国家里的生活。她整理屋子时，我也听见她一个人自言自语，时而是轻柔地低语，好像谁在歌唱，时而声音又很大，好像谁在痛骂。老埃斯佩兰萨坚信自己永远不会死去。1992 年，她在一场大屠杀中幸存下来。当时她去了一位反对派领导人家里，取一封小儿子的信，他正在万博 [2] 服役。突然，从四面八方爆发出一阵剧烈的枪响。她坚持要离开那里，回她的穆塞克 [3] 去，但其他人不让："你疯了，女士，就假装正在下雨，一会儿就过去了。"

但没有过去。枪声像是一场暴风雨，变得愈加强

---

[1] Bakunin（1814—1876），19 世纪俄国思想家、革命家，著名无政府主义者，著有《国家制度和无政府状态》。

[2] 安哥拉第三大城市，旧称新里斯本。1992 年大选过后，安哥拉人民解放运动（安人运）和争取安哥拉彻底独立全国联盟（安盟）在万博爆发冲突，持续 55 天，城市被夷为废墟。战争结束后，安盟控制了城市，安人运则退回本格拉。

[3] 安哥拉城市中混乱的定居点，往往聚集了贫穷或地位低下的居民，多指首都罗安达周边的贫民窟。

烈、密集，而且开始向房屋这边靠近。费利什给我讲了那天下午发生的事：

"来了一支荒唐不堪的部队，是一群全副武装的暴徒，喝得酩酊大醉。他们闯进屋里，对所有人一顿毒打。指挥者想知道老妇人的名字。她对他说：'埃斯佩兰萨·若布·萨帕拉洛，先生。'然后指挥官笑了。[1] 他嘲弄地说：'埃斯佩兰萨会是最后一个死的。'暴徒让领导人和他的家人在院子里排成一列，然后向他们开枪射击。轮到老埃斯佩兰萨的时候，没子弹了。'是后勤救了你一命。'指挥者冲她喊道，'我们老是在后勤上出问题。'之后就命令她离开了。现在，她就觉得自己对死亡是免疫的。也许吧。"

我不觉得这不可能。埃斯佩兰萨·若布·萨帕拉洛的脸上有张皱纹织成的薄网，头发全白了，但肌肉还很紧实，姿态也总是坚定又精准。在我看来，她就是一根立柱，支撑着这栋房子。

---

[1] "埃斯佩兰萨"在葡萄牙语中意为"希望"。

外国人

费利什·文图拉一边吃着晚餐一边读报，仔细地一页一页翻阅，如果对哪篇文章感兴趣，就用紫色墨水的笔做个标记。吃完了饭，他再小心翼翼地剪下那部分报纸，收进一个档案夹里。在书房的一张架子上，放了十几个这样的档案夹。而另一张架子上，则摆了好几百盒录像带。费利什很喜欢记录新闻，还有重大的政治事件，所有这些可能会在某天派上用场的东西。录像带依照它所涉及的人物或事件按字母顺序摆放。费利什的晚餐包括一碗绿汤[1]，这是老埃斯佩兰萨的拿手菜，还有一杯薄荷茶和一片厚厚的木瓜，加入了柠檬和少许波特酒进行调味。上床睡觉之前，他要在房间里穿好睡衣，动作相当正式，我甚至以为还得等着看他往

---

[1]　葡萄牙传统食物，用土豆、胡萝卜、香肠和洋葱等食材煮成。

脖子上系一条深色的领带。这天晚上，刺耳的门铃声打断了他的汤羹，让他很是恼火。他合上报纸，不情愿地起身，走去开门。我看见一个高高的男人走了进来，他相貌出众，鹰钩鼻，颧骨突出，留着浓密的小胡子，弯弯的，很有光泽，就是一个多世纪以来都没人留过的那种胡子。他的一双眼睛又小又亮，却好像将一切都尽收眼底。他穿着一身蓝色西装，剪裁有些过时，倒是很适合他，左手还紧握着一个皮革公文包。客厅里变得更暗了，仿佛是夜晚，或是比夜晚更为哀伤的什么东西和他一起迈了进来。他展示出一张名片。高声念道：

"'费利什·文图拉，保证给您的孩子一个更好的过去'。"他笑了。是种悲伤的笑，却很友善。"我猜，这是您吧？有个朋友给了我这张名片。"

我无法从口音上猜出这个人的来历。他讲话很柔和，其中聚集了各式各样的发音，既有些许斯拉夫语言的粗粝，又糅合了巴西葡萄牙语的轻缓与甜蜜。费利什·文图拉后退一步：

"你是谁？"

那个外国人关上门，两手交叠于背后，在客厅里踱步，在弗雷德里克·道格拉斯[1]精美的肖像油画前驻足许久。最后，他坐到一张扶手椅上，并用优雅的手势邀请白化病人也一同入座，好像他才是房屋主人一样。几个普通朋友，他说道，声音变得愈发柔和了，是他们给他指了这个地址。他们对他说，有一个男人在买卖记忆，秘密地贩卖过去，如同其他人在走私可卡因。费利什狐疑地看着他。这个陌生人身上所有的东西都让他感到恼怒——温和却高高在上的姿态、充满讽刺的谈吐以及古板的八字胡。他庄重地坐上一张大藤椅，在客厅对面的那一端，似乎唯恐染上另外那人的精致优雅。

"我能否知道你是谁？"

这一次他也没有得到回答。那个外国人请他允许自己抽支烟。他从外套口袋里拿出一只银制的香烟盒，打开来，卷起一支烟。他的眼神则在两边跳来跳去，毫不专注，好似一只在尘土中啄食的母鸡。他任由烟雾飘散开来，遮掩住他的身体，露出了意想不到的灿烂笑容：

"不过，告诉我，亲爱的，都有谁是你的顾客？"

费利什·文图拉妥协了。有人找上他，他解释道，是一整个阶级，一个全新的资产阶级。他们是企业主、

---

[1] Frederick Douglass（1818—1895），美国废奴运动领袖，杰出的作家、演说家和政治活动家。

各部部长、农场主、钻石走私商和军官，总之，都是些前程光明的人。他们就缺少一个美好的过去、显赫的先祖，还有文凭。一言蔽之：一个能回荡起高贵与文化的名号。他卖给他们一个全新的过去，为他们描绘出一幅家族谱系，交给他们祖父母和太祖父母、风度翩翩的绅士，还有旧时代女士的照片。那些企业家和部长很乐意让这样的女士来做他们的姨母，他接着说，指了指墙上的画像——包裹在布料里的老妇人，真真正正的贝桑加纳——他们也希望能有一个仪表堂堂的祖父，像什么马查多·德·阿西斯[1]、克鲁斯－索萨[2]和大仲马，而他就卖给他们这些简简单单的梦。

"好极了，好极了。"外国人理了理小胡子，"他们就是这么对我讲的。我需要你的服务，恐怕还会带给你相当多的工作。"

"工作给人自由。"费利什喃喃地说。

他说出这种话，或许是想施个激将法，检验出这名入侵者的身份，但如果这就是目的，那已经失败了，因为那个人只不过用脑袋做出一个赞同的动作。白化病人

[1] Machado de Assis（1839—1908），巴西诗人、小说家、记者，被公认为巴西文学界最伟大的作家，有四分之一黑人血统。

[2] Cruz e Sousa（1861—1898），巴西诗人、记者，是非洲黑奴的后裔，有"黑但丁"与"黑天鹅"之称。

站起来，身影消失在厨房的方向。过一会儿，他回来了，双手拿着一瓶上好的葡萄牙红葡萄酒，给他展示一下，递过去一杯，问道：

"我可否知道你的名字？"

外国人在灯光下端详起红酒。他低垂眼睑，专注又愉快地慢慢喝下去，仿佛在追随着一首巴赫的赋格曲飞过的轨迹。他将杯子放到正对面的小桌上，那是一件红木家具，顶端压了一层玻璃。最后，他总算站直身体，答道：

"我有过很多名字，但是想把它们全都忘掉。我更喜欢由你来为我洗礼。"

费利什坚称，他至少要知道他的顾客是做什么工作的。外国人竖起右手，他手掌宽大，手指修长，骨节分明，表示出一种模棱两可的拒绝。之后，他又放下手，叹了口气：

"你说得对。我是一名摄影记者。我搜集图像，关于战争、饥饿和那些饿死鬼、自然灾害以及深重的不幸。你就当我是个目击者吧。"

他解释说，他打算在这个国家定居。他想要的不只是一个体面的过去；不只是一个人丁兴旺的家族，有叔父和姨妈、堂兄弟和堂姊妹、侄子和侄女、祖母和祖父，包括两三个贝桑加纳，尽管他们都自然而然地寿终正寝，或是过着流亡的生活；也不只是几幅画像和几段叙述。他需要一个新名字，需要可信的国家文件来佐证这一身份。白化病人听着他的话，感到惊恐万分。

"不！"他终于还是说出口，"我不干这个。我制造梦，但不是造假证的……而且，恕我直言，要给先生您创造出一整个非洲人的家谱，实在太困难了。"

"是吗！为什么?!"

"好吧……先生您是白人啊！"

"所以呢？你比我白啊！"

"白人，我?!"白化病人一下子噎住了。他从衣兜里掏出一张手帕，拭干额头，"不，不是！我是黑人！我是纯正的黑人。就是当地人。你没看出我是黑人吗？"

而我呢，这段时间里就一直待在往常那个地方，待在窗户旁边，禁不住哈哈大笑。外国人抬起脸，似乎在轻嗅空气，神色紧张而慎重：

"你听见了吗？谁笑了？"

"没人。"白化病人答道，随即指向了我，"是蜥蜴。"

那个男人站了起来。我看见他靠近过来，能感觉到他的视线穿透了我，仿佛直接目视到了我的灵魂（我苍老的灵魂）。他狐疑地无声摇头：

"你知道这是什么吗？"

"什么?!"

"这是一只蜥蜴，没错，不过还是个稀有品种。你在看这几道条纹吗？这是一只虎蜥蜴，或者叫虎纹蜥蜴，一种胆小的动物，少有人研究。最初的样本是六年前在纳米比亚发现的。人们相信，它们能活上二十年，或许更久。它的笑声真令人印象深刻。你不觉得很像人的笑声吗？"

费利什同意这点。没错，一开始，他也感到惊异。之后他去查阅了一些关于爬行动物的书籍，就在家里找到的，这儿什么书都有，数以千计，是从他的养父那里继承来的，他是个旧书商，独立之后的几个月，在里斯本和罗安达之间做生意。费利什发现，某些品种的蜥蜴可以发出响亮的声音，类似大笑声。很长一段时间里，他们都在议论我，我很烦这个，毕竟他们在谈论我，却好像我根本不在场。同一时间，我又觉得他们没在谈论我，而是在谈论一个外星生命，一种模糊又遥远的生物学异常现象。人们几乎忽视那些与他们共享同一个家的小生命身上的一切。老鼠、蝙蝠、蟑螂、蚂蚁、蝉虫、跳蚤、苍蝇、蚊子、蜘蛛、蚯蚓、蛾子、白蚁、臭虫、米虫、蜗牛、甲虫。我决定，还是继续去适应生活为好。那时，白化病人的房间里满是蚊子，我开始觉得饿了。外国人站起来，走到他放公文包的椅子前面，打开包，从里面拿出一个厚厚的信封。他把信封递给费利什，向他道别，然后向门口走去。他自己开了门，点了点头，便消失了。

一艘满载声音的船

五千美金的大面额纸钞。

费利什·文图拉动作飞快地撕开信封，紧张不已。钞票飞了出来，仿佛是绿色的蝴蝶，在夜空中拍打几下翅膀，过了一会儿，又散落到地板上，落到书本上、椅子上，还有沙发上。白化病人焦躁万分。他甚至打开了门，打算追出去找那个外国人，但夜色茫茫，无声无息，什么人也没有。

"你看见了吗?!"他对我说，"现在呢，我该怎么办？"

他一张一张地拾起纸钞，清点一番，又收了回去。这时，他才注意到信封里有一张字条。他大声念出来：

"亲爱的先生，等我收齐材料，会再付给您五千美金。我留给您几张自己的照片，是护照样式的，以便您用在文件上。三周之后，我会再来这里。"

费利什躺了下来，尝试着读一本书：《布鲁斯·查特温传》，尼古拉斯·莎士比亚著，[1]格查尔出版社的葡萄牙语版本。十分钟过后，他又把书放到床头柜上，站了起来。他在屋里来回踱步，嘴里嘟囔着断断续续的句子。他一边念叨着，一边无意识地转动那双寡妇一样温柔小巧而瘦削的手。他卷曲的头发修剪得很短，在周围散发着一圈奇异的光。倘若有人透过窗户从街上看向他，恐怕会以为是一道鬼影。

"不，太荒唐了！我不会这么做。"

…………

"护照不会很难弄的，至少风险不大，而且价格低廉。我可以做，为什么不？总有一天我不得不做，这是我这行最后不可避免的业务延伸。"

…………

"小心点吧，老兄，小心选择你要走的路。你不是造假证的。耐下心来，寻个借口，把美金还给他，告诉他这不行。"

…………

---

[1] Bruce Chatwin（1940—1989），英国作家、记者，著有《巴塔哥尼亚高原上》等众多旅行文学作品。Nicholas Shakespeare（1957— ），英国小说家、传记作家。

"别把一万美金就这么扔了。我可以去纽约待两三个月。我会去里斯本拜访那些旧书商。我会去桑巴舞曲环绕的里约，去参加加菲埃拉[1]派对，逛二手书店，或者，我还可以去巴黎，买唱片和图书。我有多久没去过巴黎了？"

············

费利什·文图拉的焦躁不安扰乱了我的猎食。我是个出没在夜间的猎手。一旦确定了猎物的位置，我就会追过去，迫使它们一直飞上天花板。蚊子只要到了那上面，就下不来了。我便绕着它们奔跑起来，圆圈形的路径愈发收拢，我将它们围堵到一个角落里，然后一口吞掉。黎明缓缓降临，这时，白化病人已经倒在客厅里一张沙发上，向我讲述了他的人生故事。

\* \* \*

"我习惯把这座房子想成一艘船。一艘老旧的蒸汽船，艰辛地划开一道河上沉甸甸的泥滩。宽广的森林。环绕四周的夜色。"费利什沉下嗓音，如是说道。他随

---

[1] 一种巴西流行舞蹈，过去曾流行于巴西中下层工人阶级，现已成为里约热内卢的文化标志之一。

意地指了指那些到处都是的书本。"我这艘船上，满载着声音。"

我能听见屋外的夜色正缓缓流逝。有吠叫声。有利爪抓挠玻璃的声音。我从窗边望去，不难辨认出那一条河，星辰在它的背上旋转，哄散的鸟儿在枝杈间逃窜。混血儿福斯托·本迪托·文图拉，旧书商，旧书商的儿孙。一个星期日早上，他在房门口发现了一个箱子。箱子里面有好几本埃萨·德·克罗斯[1]的《圣遗物》样书，上面是一个舒展开身体的小小生命，赤身裸体、瘦骨嶙峋、苍白不已，头发如同炽热的气泡，脸上挂着胜利时那样的明亮笑容。旧书商是个鳏夫，没有孩子，便将男孩捡了回去，抚养他，教导他，几乎确信有一个至高的旨意安排了这番奇遇。他收好那个箱子，也一并收好箱子里的书。白化病人对我谈起这个时十分骄傲：

"埃萨就是我最初的摇篮。"

\* \* \*

福斯托·本迪托·文图拉成为一名旧书商，不过

---

[1] Eça de Queiroz（1845—1900），葡萄牙杰出的现实主义作家。

是无心之举。他为自己一生中从没有工作过而备感自豪。他上午很早出门，到大街小巷散散步，总是走得很慢，昂首挺胸地穿着他那件亚麻布套装，头戴草帽，系着领结，拄着手杖，向朋友与熟人打招呼时，就用手指轻轻地触碰一下帽檐。如果迎面偶遇了某位他那个年代的女士，他就会递去一个殷切耀眼的微笑，悄声道："早安，诗一般的女士。"他对着酒吧的女服务生投去轻佻的赞叹。据说（费利什对我说），某日，一个小心眼的男人找他的茬："说到底，在工作日里，先生您都干什么呢？"福斯托如此反驳："我的每一天都是休息日，尊敬的绅士，我就这么闲过去。"时至今日，这番话还能在那些旧殖民官员的小圈子里唤起掌声与大笑，在大名鼎鼎的比克尔啤酒馆死气沉沉的午后，这些人打着牌，拉扯闲话，执着地躲避着死亡。福斯托在家中吃完午餐，睡个午觉，然后到阳台上坐下，惬意地享受一番午后清凉的微风。独立之前的那段时光里，还没有高墙隔开庭院与人行道，大门也时常敞开。顾客只要爬上一节楼梯，就能随心所欲地走到那些书面前，一堆一堆的书，随意地摆放在客厅结实的地板上。

*　*　*

　　我和费利什对于陈旧的辞藻有些共同的热爱（在我这里是一种无望的爱）。对费利什而言，最初教会他这种情感的是父亲，福斯托·本迪托，之后是高中一年级时的一位老教师，一个满面忧愁的人，高个子，身形瘦削，看上去总是侧着身子走路，如同一幅古埃及版画。老师名叫加斯帕尔，他被某些词汇的孤苦无助深深触动。他发觉，有一些词不太走运，被抛弃在了语言荒野上的某处，而他要想办法救出它们。他固执地卖弄那些词，一些人为此极为苦恼，另一些人被搞得心神不宁。我想他获胜了。他的学生们也开始使用那些词，起先是出于调侃，但随后它们好像变成了一句私密暗语、一道部落文身，带他们远离了其余青少年。现在，费利什还向我保证，即便他的学生们从前根本没有相互见过面，他们之间也能通过开头的几个词就认出彼此。

　　"每当我听见有人说 'edredom' [1]，还会不禁发抖，真是个惹人生厌的法语衍生词。他们用这个词来替代 'frouxel' [2]，这是多么美妙又高贵的词啊，不光是我，我

---

[1]　来源于法语 édredon，意为羽绒被。

[2]　同样意为羽绒被，是葡萄牙语中更为常见的叫法。

肯定你也会赞同这点。然而我已经屈服于'sutiã'[1]了。'Estrofião'[2]有种别样的历史尊严感。不过，发音听起来还是有点奇怪，你不觉得吗？"

---

[1] 来源于法语 soutien，意为胸罩。

[2] 指古代人们用来支撑或塑形胸部的带子，极少数情况下也用以指胸罩。

第一个梦

我穿行在一个陌生城市的街道上，悄无声息地在人群中穿梭。在我身边走过各个种族的人、各个信仰的人、各个性别的人（很长一段时间里，我一直以为只有两种性别）。黑人男子戴着墨镜，手提公文包。佛教僧侣笑容满面，就像橙子一样明快。纤瘦的女人。胖乎乎的妇女拉着购物车。瘦削的青少年穿着旱冰鞋，像迅捷的鸟儿在人群间悄然飞过。身穿校服的印度男孩排着队，后面的人牵着前面人的手，最前方是位女教师，最后方又有另一位女教师。穿着吉拉巴长袍 [1]、戴着头巾的阿拉伯人。秃头男子遛着拴绳的恶犬。警察。小偷。出神沉思的知识分子。身穿连体工装的工人。没人看见我。就连那几个成群结伴的日本人都没有，他们带着摄

---

[1]　一种尖帽连身长袍，摩洛哥民族服装。

像机，目不转睛地盯着一切。我在这群人面前停下，和他们讲话，不停晃动他们，但他们都没察觉到我，根本不对我说话。三天以来，我反复梦见这个情景。在我另一段生命中，也经常发生同样的事，那时我仍是人类的模样。我记得，之后我醒来了，感到口中苦涩，心中满是悲痛。那时，我觉得这是一种预兆。而现在或许被证实了。反正我已不再为此而烦闷了。

无论如何，那一刻，所有的宾客都开始用餐具敲击盘子。他们想要食物。不知道要什么食物。不知道将会发生什么，但他们饿了。

阿尔巴

苏醒过来的时候，她名叫阿尔巴、奥罗拉或者露西娅；下午时，她叫达格玛；到了晚上，又叫埃斯特拉。她很高，也很白，不是北欧女人中那种极为常见的不透明的乳白，而是一种大理石般明丽的半透明雪白，皮肤下能看见血液的激流。在见到她之前，我就已经怕了。而当见到她时，我根本就说不出话来。我颤抖着伸出手，递给她一个从中间对折起来的信封，背面是我父亲写的"致达格玛女士"，华丽的书法字体让任何一张字纸，哪怕是一份浓汤菜谱，都看起来像哈里发的敕令，无论它有多简陋。她打开信封，用手指尖从里面取出一张小卡片。当她看过去时，忍不住笑了：

　　"你是处男?!"

　　我感到一阵虚脱。对，我已经十八岁了，却从没有过女人。达格玛拉着我的手，带我穿越一道走廊组成的迷宫，我反应过来，发现我（我们两个）正身处一个巨大的房间，房间里被许多昏沉的镜子搞得阴森森的。然后，她抬起双臂，不曾收起笑容，裙子在一阵窸窣声中滑落到脚边：

"贞洁就是种无用的垂死挣扎，小伙子，我很高兴能纠正它。"

我想象她和我的父亲在同一个房间里，干柴烈火，光线朦胧。那是一道闪电、一道神启，我看见了她，从镜子中又映出更多的她，她解开裙子，放出那一对乳房。我看见她宽大的臀部，感受到她的热度，然后我看见了父亲，看见父亲有力的双手。我听到了属于一个成年男子的大笑，边笑边拍打着她的肌肤，还说着下流话。带着惊恐与厌恶，我成千上万次地历经了这一确切的瞬间，直到生命的最后时日。

\*　\*　\*

我有时会想起一句不太愉快的诗，不记得作者了。可能是我梦见的。或许是一句副歌，来自一首法多、一首探戈舞曲，或是我孩提时听过的某些古老的桑巴舞曲："不爱是最大的罪。"

我的人生中曾有过许多女人，但恐怕我不曾爱过哪个。全无激情。或许，也不像是本性所需。想到这些，我就毛骨悚然。我当前的处境将会是——这一猜测让我备感痛苦——一种充满讽刺的禁欲。要么是这样，要么纯粹就是个无心的差错。

若泽·布赫曼的诞生

这一次，那个外国人在现身前先知会了一声。他打来一通电话，费利什·文图拉得以有时间做点准备。七点半，他已穿戴整齐，好似在等待出席一场婚礼，他就是新郎，或是新郎的父亲，身穿一身粗亚麻布制的浅色西装，一条鲜红的绸带在衣裳上闪闪发光，宛若一个惊叹号。他继承了父亲的西装。

"你在等人？"

他在等着他。老埃斯佩兰萨把一锅鱼汤留在了炉灶上，以防食物变冷。她在那天清晨直接从岛上的渔民手里买下了一条漂亮的红鲷鱼，还在圣保罗市场买了五条烟熏鲇鱼。有个表姊从加贝拉[1]给她带了几颗辣椒香果。"是固态的火光。"白化病人为我解说道。除此以外，还

---

[1]　安哥拉西部城市，有丰富的动植物资源。

有木薯、红薯、菠菜和番茄。只要费利什把托盘放到桌上，整个客厅就会散发出一股扑鼻的香气，热烈得像是一个拥抱。许久以来，我第一次为自己当下的处境感到悲伤。我也希望能坐到餐桌旁。那个外国人吃得津津有味，似乎品尝到的不是红鲷鱼紧实的肉，而是鱼儿的一生，是年复一年的时光，在骤然爆开的鱼群中流逝而过；是海水的漩涡；也是午后密密麻麻的太阳光线，笔直地投射在蓝色的深渊之上。

"是种有趣的练习，"他说，"尝试从受害者的眼中观看事实。举个例子，我们正在吃的这条鱼……慷慨的红鲷鱼，不是吗？……你试过从它的视角看待我们这顿晚餐吗？"

费利什·文图拉看向那条红鲷鱼，那一刻，他才发觉，这条可怜的鱼不值得他吃。接着，他惊恐地推开了盘子。另外一个人径自继续说：

"你认为生活在向我们索求同情吗？我不觉得。生活向我们索求的乃是为它庆贺。让我们回到这条红鲷鱼。如果你是这条鱼，你更希望我嫌恶地吃掉，还是高兴地吃掉？"

白化病人一言不发。他知道自己就是一条红鲷鱼（我们所有人都是），不过，我相信他更希望自己永远不要被吃掉。

那个外国人接着说：

"一次，有人带我去了一场派对。一个老人在庆祝他的百岁大寿。我想知道他的感受。那个可怜的男人惊讶地冲我微笑，对我说：'我也不清楚，一切都发生得太快了。'他提到自己生命中过去的一百年，好像在谈论一场灾难，就在几分钟前降临到他身上的某种东西。有时候我也有相同的感受。太多的过去与空虚令我的灵魂深处作痛。我觉得自己就像是那个老人。"他举杯，"不过我还活着。我幸存了下来。在罗安达下船的时候，我开始理解这些了，也许对你而言有点奇怪。那么，敬生命！敬安哥拉，它挽救了我的一生。敬这杯正合时宜的好酒，它让我们相聚于此，共同庆贺。"

他能有多大年纪？也许六十岁，那样的话，他的一生中把身体照顾得不错。或者四十岁、四十五岁，这样看来，他应该有几年经历了深重的绝望。我看着他坐在那里，感觉他像一头犀牛一样结实。他的眼睛，他那双眼睛，看起来苍老得多，充满了犹疑与疲惫，即便是在一些特定的时候，比如此刻，他举杯向生命祝酒时，有一束黎明的晨光照亮了它们。

"你多大年纪？"

"请允许我来做提问者。你照我说的做了吗?"

费利什抬起眼。他做到了。他那里有一张身份证、一张护照和一张驾照,都是以若泽·布赫曼的名字办理的文件,他是土生土长的希比亚人,五十二岁,一名职业摄影师。

希比亚的圣佩德罗镇,在国家南部的威拉省,1884年由马德拉的殖民者建立,但已经有六个布尔人[1]家族在那里繁盛起来了。他们养牛、开垦耕地、赞颂上帝的恩典,让他们能在黑人的土地上生而为白人,费利什·文图拉是这么说的,显然我不过是在转述。指挥官雅各布斯·博塔统领了氏族。他的代理者是个高大而阴郁的褐发男人,名叫科尔内利奥·布赫曼,1898年娶了一个马德拉的年轻女孩,玛尔塔·梅代罗斯,然后他们有了两个孩子。年长的孩子叫皮埃特尔,幼时便夭折了。年少的孩子马特乌斯是位有名的猎人,多年以来,他为那些来安哥拉寻求刺激的南非人或是英国人的队伍当向导。他结婚晚,五十岁才娶了一个美国女艺术家,埃娃·米勒,然后有了一个独生子:若泽·布赫曼。

---

[1] 居住在南非与纳米比亚的白人种族,以 17 世纪至 19 世纪移民南非的荷兰裔为主,在向内地开垦殖民的过程中又融合了法国、德国等血统。"布尔人"意为"农民",他们自称为"阿非利卡人",意为"非洲定居者"。

他们用完晚餐，白化病人也喝完了他那杯薄荷茶——若泽·布赫曼更喜欢咖啡，之后，白化病人找来了一个纸板文件夹，在桌面上打开。他展示出护照、身份证和驾照，还有许多张照片。其中一张颜色泛黄，饱经风霜，上面是一个壮硕的男子，表情出神地骑在一匹角马上。

"这个人，"白化病人介绍道，"是科尔内利奥·布赫曼，你的祖父。"

另一张照片上是一对拥抱的夫妇，旁边是一条河，他们就背对着宽阔无边的地平线。男人低垂着双眼。而女人穿着一条华丽的印花连衣裙，正对着镜头微笑。若泽·布赫曼拿起照片，站起身，径直站到灯光底下。他的声音有些颤抖：

"他们是我的父母？"

白化病人肯定了他。一个阳光明媚的午后，马特乌斯·布赫曼和埃娃·米勒正在辛蓬普尼梅河[1]前。应该是当时只有七岁的若泽自己捕捉到了那个瞬间。费利什给他看了一期旧的《时尚》杂志，有一篇关于非洲南部大规模狩猎的报道，文章里配了一幅野生动物的水彩

---

[1] 希比亚市的一条河，周围人口稀少。

画——大象在一片湖泊中洗澡，签名是埃娃·米勒。

拍摄了那张照片的几个月后，河流静静地向它的目的地流淌，高高的苇草在肃穆的午后耸立。埃娃出发去了开普敦，这是一场本该持续一个月的旅行，而她却再也没有回来。马特乌斯给南非的一个普通朋友写信，询问妻子的消息，然而一无所获。为此，他把儿子托付给一名仆人，是个盲眼的追迹者，然后他便去找她了。

"所以呢？他找到她了吗？"

费利什耸了耸肩。他收起那些照片、文件和杂志，全部放进纸板文件夹里。他合上文件夹，用一条宽宽的红带子绑好，仿佛那是一件礼物。接着，他把它交给了若泽·布赫曼。

"原谅我必须要警告你，"他说，"别踏入希比亚一步。"

\* \* \*

我的灵魂被束缚在这具身躯里已经近十五年了，但我仍然难以顺服。我用一副人类的皮囊活了几乎一个世纪，但也从没感觉自己完全是个人类。目前为止，我认识三十只蜥蜴了，属于五六个不同的种类，我不清楚，我对生物学从来都不感兴趣。其中有二十只在种植水稻或是修造建筑，在辽阔的中国、喧闹的印度或巴基斯坦。它们从一场噩梦中醒来之前，又要从另一场噩梦中苏醒，我相信，对它们，或是他们而言，怎样都好，这一次没那么残忍了。有七只蜥蜴在非洲做着同样的事，或者几乎同样的事。还有一只在波士顿当牙医，一只在巴西的贝洛奥里藏特[1]卖花，最后一只，我记得它已经当上了红衣主教。它很想念梵蒂冈。没有谁读莎士比亚。那位红衣主教喜欢加夫列尔·加西亚·马尔克斯。那个牙医和我说，它读了保罗·柯艾略[2]。我从没读过保罗·柯艾略。我十分乐意用蜥蜴的陪伴来换取费利什·文图拉长篇大论的自言自语。昨天他向我吐露，他认识了一个非比寻常的女人。"女人"这个词，他补充道，用在她身上也不准确。

"安热拉·露西娅之于女人，好比人类之于猿猴。"

难以置信的一句话。这个名字倒是让我想起了另一个人，阿尔巴，我蓦地警觉、严肃起来。对那个女人的记忆让费利什的话变多了。他谈起她，就好像在竭力为

---

[1] 巴西东南部城市。

[2] Paulo Coelho（1947—　），巴西作家，代表作有《牧羊少年奇幻之旅》等。

一个奇迹赋予实体。

"她是那种……"他停顿一下，双手合十，双眼紧闭，全神贯注，有一会儿才想到这个词，"纯粹的光！"

在我看来，也不是不可能。一个名字就可以是一种论断。有些拖拽着被命名者，宛如暴雨过后一条河流里泥泞的河水，不论那个人怎么负隅顽抗，都要将他强拉向目的地。另一些名字则恰恰相反，它们就像是面具：将人遮掩、欺骗。显而易见，绝大多数都没有多大力量。我回忆起自己的人类名字，既不愉快也不伤感。我毫不想念它。那不是我。

\* \* \*

若泽·布赫曼开始定期到访这艘奇特的船只。又多了一道嗓音加入其余那些声音。他想让白化病人多添加一些过去。他从不吝啬问题：

"我母亲发生了什么事？"

我的朋友（我觉得已经可以这么称呼他了）有点厌烦于这种执着了。他完成了分内之事，觉得没义务再做更多了。但有时候，他屈服了。埃娃·米勒没有再回到安哥拉，他说。他父亲有一个老客户，老贝泽拉，也来自一个像布赫曼一样的南方家庭，有一天下午，他在纽约一条街上偶然遇见了她。她是一位虚弱的女士，已经上了年纪，满面悲痛地在混乱的人群中迟缓地游走。"就像一只折了翅膀的鸟儿。"贝泽拉对他说。在一个拐角，她倒在了他怀里，确确实实地倒在了他怀里，而他吓了一跳，口中冲出一串咒骂。那个女人挂着灿烂的笑容抗议道：

"不该向一位女士说出这些！"

那时他才认出她来。他们在一家有许多古巴移民的咖啡馆坐下，一直聊到夜幕降临。费利什说到这儿，停顿了一下：

"直到夜幕降下。"他纠正，"在纽约，夜晚会降下来，却不会降临；这里，对，从天空俯冲而下。"

我的朋友非常在意精确性。"夜晚从天空俯冲而下。"他又补充一遍，"像只猛禽。"这样的中断扰乱了若泽·布赫曼。他想知道接下来的事：

"然后呢？"

埃娃·米勒当了一名室内设计师，独居在曼哈顿一间能看见中央公园的小公寓里。狭小的客厅、唯一的卧室、狭窄的走廊，这些地方的墙上都覆盖着镜子。若泽·布赫曼又打断了他：

"镜子?!"

"对。"我的朋友接着说，"但要相信老贝泽拉告诉他的那些话，它们不是普通的镜子。"他微笑起来。我感觉得到，他自己编的这段故事的力量已经在牵动他了。那些都是民间集市上卖的人造玩意儿，扭曲的玻璃要捕捉和歪曲想要从它面前经过的人的形象，它们就是为了这个残忍的意图而被设计出来的。一些被赋予了改变的力量，能把最为优雅的生物变成一个肥胖的侏儒；另外一些则可以把它们拉长。有些镜子能够照亮一个黑暗的灵魂。另一些照出来的不是面前那个人的脸庞，而是他的后颈和脊背。既有声名显赫的镜子，也有臭名昭著的镜子。这样一来，只要埃娃·米勒走进她的公寓，就不会感到孤独了，有一群人和她一起走了进去。

"你和那位贝泽拉先生有联系吗？"

费利什惊讶地看向他。他耸了耸肩，好像在说，如果你想让我到那里去，没问题，我会去的。然后他又讲起，那位可怜的老人几个月之前刚刚在里斯本过世了。

"癌症。"他说，"是肺癌。他烟瘾太重了。"

他们两人想着贝泽拉的死，都沉默了下来。夜晚温暖又潮湿。一阵温和的微风吹过窗户，带进来几只轻盈孱弱的蚊虫，它们被灯光晃得狂躁不安，四处乱飞。我感到饥饿了。我的朋友面对着另一个人，快活地笑了：

"我该向你收加班费，真该死！你觉得我长得像山鲁佐德[1]吗？"

---

[1] 阿拉伯民间故事集《一千零一夜》的女主角，她每日给国王讲故事，讲到最精彩处，恰好天明。国王为了听到结局而没有杀害她，后来一直讲满了一千零一夜。

第二个梦

一个小伙子蹲在墙边等我。他张开双手，我看见那里满是绿光，一种具有魔力的物质悄然间飞快地消失在了黑暗中。

"萤火虫。"他轻声说。

一条河流从墙后流淌而过，水流浑浊而强劲，像只气喘吁吁的獒犬。越过它去，便是森林。那堵墙很矮，用粗糙的岩石砌成，让人能看见漆黑的水，星辰在它的脊背上奔跑，背景是茂密的枝叶——好像在一口井中。那个小伙子毫不费力地爬上了岩石顶端，在那里停留了一会儿，头部都沉入了夜色，紧接着，他跳向墙壁的另一边。在梦里，我是个还年轻的高大男子，但有些发胖。我有点吃力地爬到墙上。然后，我跳了下去。我跪在泥滩上，河水流过，轻轻地舔舐我的手掌。

"这是什么？"

那个小伙子没有回答。他背对着我。他的皮肤比夜色更加黝黑，光滑而富有光泽，群星组成一架旋转木马，在他的周身旋转，像在河上时一样。我看见他往前走向金属一样的河水，直至消失。须臾过后，他又在另一边出现了。躺在森林脚边的那条河流终于睡着了。我还是坐在那里，坐了很久，我能肯定，要是我竭尽全力，要是我彻底静止不动，保持警惕，要是群星的光辉能以某种方式（谁知道呢！）触碰我的灵魂，那我一定能听见上帝的声音。然后，我就真的开始聆听起来，声音沙哑，像是火炉上的茶壶那样嘶嘶作响。我努力想要听懂它在说些什么，突然，我看见一只瘦削的指示猎犬浮出阴影，就在我面前，脖子上挂着一个小巧的收音机，是那种袖珍型号。它的音响没有调好。一个低沉的男人嗓音正与嘈杂的电音做着斗争：

"不爱是最大的罪。"上帝说，嗓音像探戈舞曲歌手一样柔和，"这次的广播由马林巴琴联合面包店赞助。"

接着，那只狗有些一瘸一拐地走开了，一切又恢复了寂静。我越过墙，也朝着城市灯光的方向离开了。我还没走到公路上，又在墙边看见那个小伙子，怀抱着那只指示猎犬。他们一人一狗向我看过来，好像他们两个是一种生物。我转身背对他们，却始终能感觉到（仿佛有什么黑漆漆的东西从后面击打着我）猎犬和小伙子挑衅意味十足的目光。我惶然惊醒。我身在一个潮湿的裂缝里。蚂蚁在我的手指间吃着草。我去寻觅夜晚了。而我那些梦境几乎总是比现实还要逼真。

光辉

从我朋友热切却仍很简短的描述中，我想象出了一种闪耀的天使。我设想出了一盏枝形吊灯。我感觉费利什说得有点夸张了。她要是迷失在一场派对的浓烟与喧闹中，我都不会去注意她。安热拉·露西娅是个年轻女人，皮肤黝黑，五官精致，漂亮的黑色发辫松散地垂在肩上。庸脂俗粉。然而，是的，我不得不承认这点，她的皮肤有时会闪耀古铜色的光泽，尤其是她深受感动或是情绪激动时，这些时候，她会变得——确实会变得很美。然而，最让我印象深刻的是她的嗓音，是沙哑的，却又有些潮湿，非常性感。这天晚上，费利什到了家，也把她带回来了，好像她是一件战利品。安热拉·露西娅仔细地看了看那些藏书和唱片。她不停嘲笑弗雷德里克·道格拉斯古板的傲慢。

"这位老先生在这儿做什么呢？"

"他是我的一位先祖。"白化病人回答她,"我的曾祖父弗雷德里克,我祖父的父亲。"

这个男人在 19 世纪向巴西贩卖奴隶,由此发了财。贸易结束之后,他在里约热内卢买下一座农场,在那里幸福地生活了许多年。回到安哥拉的时候,他已经很老了,带着两个女儿,她们是同卵双胞胎,还是小姑娘。流言蜚语并未迟到,很快传出了对他父亲身份的怀疑。老人矢口否认这些流言,又稀里糊涂地搞大了一个女仆的肚子。这回他如有神助,女仆生下了一个男孩,有着和父亲一模一样的眼睛,甚至让他不太敢看。

在这里展出的肖像画是一名法国画家的作品。安热拉·露西娅询问能否给画像拍照。接着她又请求给他照张相——给我的朋友,他正坐在大藤椅上,那是他当奴隶贩子的曾祖父从巴西带过来的。在身后的墙壁上,傍晚的最后一缕光线正轻柔地消逝。

"像这样的一缕光,你相信吗?我只在这里看到过。"

她说自己仅仅通过光线就能认得出世界上确切的某地。在里斯本,春末的光线发疯似的斜射在一排排房屋上,洁白又潮湿,稍微有点咸味。在里约热内卢,当地人直接称之为"秋天",而欧洲人轻蔑地声称那只是单纯幻想的季节里，光线变得更加柔和，好像丝绸的光泽，有时候带着一种潮湿的灰色覆盖在街道上，而后又缓慢而悲切地洒落在广场与公园之上。在马托格罗索的潘塔纳尔湿地[1]，大清早，蓝色的鹦鹉飞过天空，翅膀上扑扇出一道清晰而迟缓的光线，那光线慢慢地停在河水上，扩大蔓延开来，好似在歌唱。在马来西亚的塔曼尼加拉森林[2]，光线是一种流动的物质，会粘在皮肤上，能尝到味道，也能闻到气味。在果阿[3]，光是吵闹又粗粝的。在柏林，太阳总是在笑着，至少从它能够穿透云层的那个瞬间开始，像是那些反对核能的生态标签。即便是在最不可能的天空中，安热拉·露西娅也能发现光芒，它值得被人从遗忘中拯救出来。在拜访斯堪的纳维亚国家之前，她认为，在没有尽头的严冬的月份里，那里的光线只是一种单纯的推测。然而不是的，云层有时会在宽阔的希望之光中熊熊燃烧。她说着这些，站起身来，摆出一副激动的模样：

"在埃及呢？在开罗，你在开罗待过吗？在吉萨金

---

[1] 马托格罗索是巴西西部的一个州。潘塔纳尔湿地是世界上最大的湿地，位于巴西马托格罗索州和南马托格罗索州之间，部分也在玻利维亚和巴拉圭境内。

[2] 马来西亚最大的自然保护区，世界上最古老的雨林之一。

[3] 印度西岸的一个邦，濒临阿拉伯海。

字塔旁？……"她举起双手，激昂地说道，"'光线落下来，壮观极了，如此有力又如此生动，仿佛停在一种发光的薄雾之类的东西上面。'"

"这是埃萨！"白化病人微笑起来，"从这些形容词里我就能认出他来，和我只通过衬衫就能认出纳尔逊·曼德拉是一样的方法。我猜，这些是他在埃及的旅途中写下的笔记吧。"

安热拉·露西娅欣喜又激动地吹起口哨，鼓起掌来。所以，他们说他从头到尾地读过葡萄牙经典，完整的埃萨，无穷无尽的卡米洛[1]，这是真的吗？白化病人咳嗽起来，面红耳赤。他转移了话题。他对她说，自己有一个朋友，和她一样是摄影师，而且，也和她一样在国外生活了很多年，不久前才回到国内。一个战地摄影师。不想认识一下吗？

"一个战地摄影师？"安热拉惊恐地看向他，"那关我什么事?! 我甚至不知道自己是不是摄影师。我收集光线。"

她从钱包里拿出一个塑料盒子，展示给白化病人看：

---

[1] Camilo Castelo Branco（1825—1890），葡萄牙作家，以多产著称，作品包括小说、戏剧、诗歌、散文等。

"这就是我的光辉。"她说，"幻灯片。"

她总是随身带着那些璀璨光影的许多样本，从非洲的草原、欧洲的老城或是拉丁美洲的山脉与森林中收集而来。光线、光芒、弱光，都被困在一个小小的塑料框里。在黯淡无光的日子里，她能用这些滋养自己的灵魂。她询问家中有没有投影仪。我的朋友说有，便去找那个机器了。几分钟后，我们便身处在卡舒埃拉了，巴伊亚海湾[1]的小城市。

"卡舒埃拉！我乘坐一辆老旧巴士到那里去。我背着背包，走了一会儿，想找一家旅馆，然后发现了这座荒废的小广场。已经是黄昏了。东方正在聚集一场热带风暴。古铜色的太阳冲向地面，直到越过那几幢殖民时期的老旧大楼，反向撞上乌云形成的高墙。真是个奇妙的场景，你不觉得吗？"她叹了口气。她的皮肤发着光，一双美丽的眼睛里充满泪光。"我当时看见了上帝的脸！"

---

[1] 位于巴西巴伊亚州的一个区域，卡舒埃拉是其中的一个小城市。

一只蜥蜴的哲学

几个星期前我就开始研究若泽·布赫曼了。我察觉到了他的变化。他与六七个月前走进这栋房子的人已经不是同一个了。有一些本质上与蜕变一样强大的东西正缓缓在他的内心深处产生。或许，就像是蛹里面的酶分解器官那样激动人心的奥秘。可以说，我们所有人都处在一种不间断的变化中。没错，我也和昨天的自己不一样了。在我身上，唯一不变的事物是我的过去：我过去作为人类的记忆。过去习惯于保持稳定，它总是在那里，美好的，或是可怕的，而且也将永远留在那里。

（在认识费利什·文图拉之前，我坚信这一点。）

当我们渐渐老去，只剩下"我们很快还会变得更老"这点可以确定了。我觉得，说某人很年轻不是个正确的表达。某人正值年轻，这样才对，就和杯子摔碎在地板上之前还完好无损是一个道理。但请原谅我的联想，当一只蜥蜴专注于哲学，就会发生这样的事。所以，让我们回到若泽·布赫曼上来吧。我不是在暗指几天之后他体内就会出现一只硕大的蝴蝶，扇动着五颜六色的大翅膀。我指的是更加细微的变化。首先，他的口音在改变。他失去了，正在失去，那种介于斯拉夫与巴西口音之间的发音，有点轻柔，又有些像"嘶嘶"的气音，一开始让我很是困惑。现在是一种罗安达的节奏了，很配那几件印花的丝绸衬衫和总算穿上的运动鞋。我觉得他也更加坦率了。笑起来的时候，已经就是个安哥拉人了。除此之外，他还剃掉了小胡子。他变得更年轻了。这天晚上，在消失了将近一个星期之后，就在家里，他出现在我们面前。白化病人一给他开门，他就大喊道：

"我去希比亚了！"

他异常激动。他坐到白化病人曾祖父从巴西带来的那张藤条制成的威严宝座上，交叉起双腿，又分开来。他想要一杯威士忌。我的朋友恼怒地给他倒了一杯。上帝啊，他到希比亚去做什么？

"我去看了父亲的墓碑。"

"什么?!"另一个人噎住了，"哪个父亲？那个虚构出来的马特乌斯·布赫曼？"

"我的父亲！马特乌斯·布赫曼也许是你所虚构的，而且编造的质量很高。但那个墓碑，我发誓，那个墓碑是完全真实的！"

他打开一个信封，从里面拿出一沓彩色照片，在红木小桌上盖着的玻璃上摊开。第一张照片上，他走进了一座墓地，第二张上则可以读出一座墓碑上的碑文"马特乌斯·布赫曼 /1905—1978"。其他都是这座城镇的照片：

1. 矮房子。

2. 笔直的道路，大大方方地向着一片绿色的风景敞开。

3. 笔直的道路，大大方方地向着一片万里无云的晴空上无垠的安宁敞开。

4. 母鸡在红色的尘土间啄食。

5. 一个老人（黑白混血儿）伤心地坐在一间酒吧的桌前，目光停在一只空杯子上。

6. 一只花瓶里凋谢的花朵。

7. 一只巨大的鸟笼，却没有鸟。

8. 一双很旧的靴子，放在一间房子的门槛上。


在每一张照片里都有一些黄昏的景象。是一种终结，或者说几近终结，只是没人知道是什么东西的终结。

"我向你强调过了，我请求你，警告你，永远不要到希比亚去！"

"我很清楚。所以我去了……"

我的朋友摇了摇头。我不明白他是不是生气了，或是感到可笑，又或是二者兼而有之。他慢慢地研究起墓碑的照片。他露出无害的微笑：

"拍得不错。看吧，我是以专业人士的身份对你说的。祝贺你！"

幻觉

这天清晨，我在庭院里看见两个男孩在模仿斑鸠。一个人骑在墙上的一块木板上，一条腿在这边，另一条在那边。另一个则爬上了鳄梨树。他摘下鳄梨，朝第一个人扔了过去，那个人就在空中用杂耍演员一样的手法接住，把它们装进一个袋子里。这时，突然间，在树上的那个人（叶子有些挡住了他，我只能看见他的肩膀和脸）把捧起的双手举到嘴边，发出鸽子的叫声。另一个人笑了，也模仿他，好像有两只小鸟就在那儿，一只在墙上，另一只在鳄梨树最高的枝杈间，用它们歌声的活力驱走了最后的阴影。这一幕让我想起了若泽·布赫曼。他第一次来到这间房子时，我看到他留着19世纪的绅士那样独一无二的小胡子，穿着一件裁剪样式很老旧的深色西装，好像对一切事物而言，他都是个外国人。但现在，每两天一次，我看到他走进门，穿着印有五颜六色图案的丝绸衬衫，开怀大笑，露出那种有点骄横的快乐，就像土生土长的本国人一样。如果我没有看见这两个男孩，如果我只是听见了他们的声音，那么我会确信，在潮湿的清晨中有两只斑鸠。回望过去，从现在这里注视着他，好像注视着一张放在我面前的巨大屏幕，我看到若泽·布赫曼不是若泽·布赫曼，而肯定是一个模仿若泽·布赫曼的外国人。不过，如果闭上望向过去的双眼，如果现在看到他，好像我之前从未见过他，我无法不相信他——那个人在整个一生里都是若泽·布赫曼。

我没有在第一次死亡中死去

在过去我还是人形时的某一天，我决定自杀。我想要彻底地死去。我对永恒的生命怀有希望，天堂和地狱、上帝和魔鬼、轮回转世，所有这些，都不过是许多个世纪以来用人类巨大的恐惧慢慢编造出的迷信。我在一家枪支商店买了一把左轮手枪，那家店离我家也就两步的距离，但我之前从没进去过，那里的店主也不认识我。之后，我又买了一本犯罪小说和一瓶杜松子酒。我去了一家海滩上的酒店，嫌恶地大口喝掉了杜松子酒（我一直很厌恶酒精）。我摊开身体躺到床上，读起那本书。我觉得那瓶杜松子酒，再加上直白乏味的故事情节，能给我一些必要的勇气，让我能用左轮手枪指向自己的后颈，扣动扳机。但是那本书写得并不差——我一直读到了结局。读到最后一页时，下雨了。仿佛下的是夜晚。我说得再清楚一点：仿佛是那片漆黑昏沉的海洋厚厚的碎片从天空中坠落，而星辰就在海洋中航行。我一直等着看它们掉下来，然后在耀眼的光芒和高声的呼喊中撞上玻璃窗，粉身碎骨。它们没有掉下来。我熄了灯，用左轮手枪指向后颈。

　　然后我睡着了。

第三个梦

我梦见和费利什·文图拉一起喝茶。我们喝着茶，吃着烤面包片，聊着天。这些事发生在一个宽敞的新艺术风格大厅里，墙上覆盖着千篇一律的镜子，用蓝花楹的木框裱了起来。一扇天窗让一道幸福的光线照射进来，窗子上装饰着漂亮的彩绘玻璃，画着两个张开翅膀的天使。四周还有其他几张桌子，有人坐在桌边，但他们都没有脸，或者说我没看见他们的脸，对我而言都一样，因为他们一切的存在都已简化为一道很轻的低语。我能从那些镜子里看见反射出的自己的形象——一个高大的男人，脸又大又长，身材健壮却疲惫不堪，脸色十分苍白，难以掩饰对其他人类的蔑视。那就是我，没错，很久以前，在三十岁时那令人怀疑的荣耀里。

　　"你创造了他，那个古怪的若泽·布赫曼，而他现在开始创造他自己了。对我而言，这就好比一场蜕变……一次轮回。或者更清楚一点：一种占有。"

我的朋友惊恐地看着我：

"你想说什么？"

"若泽·布赫曼，你难道不懂吗？他霸占了那个外国人的身躯。日子一天天过去，他变得越来越真实了。而另一个人，曾经存在的那个人，八个月前那个夜晚走进我们家的人，好像来自另一个时代，我甚至不想说是另一个国家了。他现在在哪儿呢？"

"这是一场游戏。我知道这是一场游戏。我们都知道。"

他给自己倒上茶。挑出两块糖放进去，然后搅拌着液体。他低垂着双眼喝了下去。这是两名绅士，两个很要好的朋友，穿着白色的衣服坐在一间优雅的咖啡厅里。我们喝着茶，吃着烤面包片，聊着天。

"算是吧。"我表示同意，"让我们都承认这不过是一场游戏。所以那个人是谁？"

我擦干脸上的汗。我从未以勇敢著称。也许正因如此我才总是被英雄与恶霸激荡的命运所吸引（我是说在我另外的那段生命里）。我收集弹簧折刀，带着一种如今让我感到羞耻的骄傲吹嘘一位当将军的祖父的丰功伟绩。我和一些勇敢的人交了朋友，但不幸的是，这也没帮上我的忙。勇气是不会传染的，胆怯也一样。费利什意识到我的恐惧比他的更重，也更久远，这时他微笑起来：

"我不知道。你呢？"

他换了个话题。他讲起几天之前出席了一位侨民作家的新小说发布会。那家伙很让人讨厌，一个愤世嫉俗的职业作家，所有的事业都是在海外建立起来的，向欧洲读者兜售这个国家的恐怖。这些苦难在富裕的国家获得了极大成功。主持人是一位当地诗人，也是执政党的议员，他称赞了那本新小说，称赞它的风格与叙事力，但同时也批判了它，因为在书中能看到一些对国家近年来历史的歪曲。争论展开了，很快，另一位诗人举起了手，他也是议员，而且比起文学活动，他更因过去的革命经历而出名：

"在你的小说里，你是故意撒谎还是无知妄言？"

响起了笑声，还有赞同的窃窃私语。作家犹豫了几秒，然后反击道：

"我天性就是个骗子。"他喊道，"我高高兴兴地撒谎。文学就是一个真正的骗子拥有的手段，用来赢得社会的接纳。"

紧接着他又压低嗓音，更加克制地补充说，独裁与民主之间的巨大差别在于，前一种制度仅仅存在一个真理，一个由权力强加上的真理，然而在自由的国家里，每个人都有捍卫各自对一件事看法的权利。他说，真理是一种迷信。他，费利什，对这个观点印象深刻。

"我认为我所做的这些是一种比文学更高级的形式。"他向我透露，"我也创造情节，创造角色，但不是把他们困在一本书里面，而是给他们生命，把他们投向真实。"

* * *

我对不可能的爱情感同身受。我是，或者曾经是这方面的专家。费利什·文图拉对安热拉·露西娅逐渐做出的一系列事情让我深受感动。他每天早上都给她送花。我的朋友一给她打开门，她就一边笑着，一边对此抱怨。没错，那些花都好看极了，瓷玫瑰相当漂亮，闪着夸张的人造光辉，看起来像是男装癖——或者换个更好的词，变装皇后；兰花也相当漂亮，尽管她更喜欢雏菊，它有一种田园之美，毫不虚荣。是的，她感激他送来的这些花，但请他不要再送了，因为已经不知道该怎么处理它们了。她那环球大酒店的房间里聚集了太多不一样的香气，空气变得沉重又眩晕。白化病人叹了口气，如果可以，他会在她所过之处铺上一条玫瑰花瓣的地毯。当彩虹在天空中一道接一道地展开，他想要指挥一支鸟儿组成的管弦乐队。爱的宣言能打动女人，即便是最荒谬的那些话。安热拉·露西娅被打动了。她吻了一下他的脸，接着把最近几周拍摄的相片展示给他看：云朵。

"它们看起来不像是梦的出口吗？"

费利什颤颤发抖：

"我会做梦。"他说，"有时候我会做点怪梦。昨晚我梦见了它……"

然后他指向了我。我感到虚弱无力。我惊恐地飞快跑到天花板边上的一条裂缝里藏起来。安热拉·露西娅惊叫起来，带着她身上一种极具个性的孩子气的狂喜：

"一只蜥蜴?!真是个奇迹！……"

"不是随便一只蜥蜴。它在这间房子里生活了很多年。梦里它是人类的形态，一副沉闷的样子，而且他的脸并不让我感到陌生。我们坐在一间咖啡厅里聊天……"

"上帝给我们梦境，让我们得以窥见另外一边。"安热拉·露西娅说，"让我们与长者对话。让我们与上帝对话。最后，与蜥蜴对话。"

"你不相信这些！……"

"我相信。我相信那些特别奇怪的事，亲爱的。如果你知道我所相信的事，你就会向我看过来，好像我一个人就是一个庞大的怪物马戏团。你和那只蜥蜴，你们聊了什么？"

风铃

外面阳台的天花板上悬挂着几十个陶瓷风铃，是费利什·文图拉从旅途中带回来的。大部分风铃都是巴西的。涂着色彩生动的鸟。贝壳。蝴蝶。热带鱼。兰皮奥 [1] 和他醉醺醺的保镖部队。微风让它们晃动起来，发出水一般清澈的混音。每当微风吹起——感谢上帝，这时候微风总是会吹起——就让人想起这栋房屋的秘密特质：

一艘（满载声音的）船正向河流的上游驶去。

昨天发生了一件怪事。费利什给安热拉·露西娅和若泽·布赫曼递上了晚餐邀请。我藏在一个书架的高处，从这里能轻松地看到一切，而且肯定不会被看到。若泽·布赫曼先到了。他大笑着走进来，他和他的衬

---

[1]　Lampião（1898—1938），巴西著名土匪头目。

衫（上面印着棕榈树、鹦鹉和一片很蓝的海的图案）好像一阵狂风穿过客厅，跑过走廊，一直去到厨房。他从饮料柜上挑出一瓶威士忌。接着他打开冰箱，拿出两块冰，放进一个大杯子里，坦然地给自己倒上酒，然后回到客厅，做所有这些事的同时，他一直用惊叫的声音讲个不停，总是在笑，似乎这天早上他差点儿被踩死。安热拉·露西娅来的时候穿着一条绿色连衣裙，手上静悄悄地带来了最后一束光。她在若泽·布赫曼面前停了下来：

"你们已经认识了？"

"没有，没有！"安热拉否认道，声音里没什么感情色彩，"我想没有……"

若泽·布赫曼甚至更不确定了：

"我和许多人都不认识！"他说着，以自己特有的幽默感笑起来，"我从来都不是很受欢迎。"

安热拉·露西娅没有笑。若泽·布赫曼焦躁地看向她。他的声音又恢复成最初那几天时柔和的气音。他说自己几天前过来给一个疯子拍照，那些在城市街道上漫无目的地游荡的无数可怜鬼中的一个，因为这个男人身上独一无二的骄傲迷住了他。那天一大早，他，若泽·布赫曼就趴在柏油路上，为了给一个从下水道里出现的老人拍一张好照片，显然，老人已经在那里住下来了。突然，他看见一辆车朝自己的方向跳出来。他一直滚到人行道上，紧紧抓着相机，及时避免了一场可怕的死亡。冲洗胶片时，他注意到自己在翻滚的混乱中按下了三次相机快门。其中两张图像没什么用。泥点。天空的一部分。但最后一张，可以清晰地辨认出汽车隐秘的金属构件，以及后排乘客冷淡的脸庞。他展示出照片。费利什惊呼道：

"难以置信！是总统！……"

安热拉·露西娅对那一部分天空更感兴趣：

"是云，你们看见了吗？我想到了一只蜥蜴……"

若泽·布赫曼表示赞成。他想到了一只蜥蜴，或者一条鳄鱼，但最终，每个人从那朵转瞬即逝的云中看到的都是自己想要看到的。当费利什再次从厨房回来，两手端着一口又宽又深的陶锅，他们两人已经坐下了。布赫曼想要辣椒和柠檬。他称赞木薯泥[1]的黏稠。慢慢地，他又重拾了开怀的大笑和罗安达口音。安热拉·露西娅用她水一般柔和的眼神盯着他：

"费利什对我说，你在国外生活了很久。在哪些

---

[1] 安哥拉最受欢迎的传统食品之一，由木薯粉搅拌制成，一般用作三餐的配菜。

国家？"

若泽·布赫曼犹豫了一瞬间。他转向我的朋友，有些不安地寻求帮助。费利什假装不懂：

"对，对。你没对我讲过你这些年都在哪儿……"

他甜甜地微笑起来。好像这是他人生中第一次体会到残忍的快感。若泽·布赫曼深深地叹了口气。他靠上椅子：

"最近这十年里，我居无定所，漫无目的地在世界各地穿行，拍摄战争。在此之前我生活在里约热内卢，再之前是柏林，更之前是里斯本。1960 年代我去了葡萄牙，学习法律，但我不喜欢那里的气候。那里非常安静。法多、法蒂玛、足球。[1] 在冬季，一场死去的海藻雨从天空中降下，而冬季可能会在一年之中任何时候出现，一般来说，是会出现的。街道会变得漆黑。人们在悲伤中死去。甚至狗也会上吊自杀。我逃走了。我先去了巴黎，又从那里去了柏林，和一位朋友一起。我在希腊餐馆里洗盘子。我在奢华的妓院里当接待员。我给德国人教葡萄牙语。我在酒吧里唱歌。我摆好姿势，给

---

[1] 法多（fado）、法蒂玛（Fátima）和足球（futebol）统称为"三个 F"，是葡萄牙三种具有代表性的文化符号，萨拉查独裁统治时期将"三个 F"作为国家文化的三大支柱。

年轻的美术学生当模特。有一天，一个朋友给了我一部佳能 F-1 相机，我今天还在用它，就这样成了摄影师。1982 年，我在阿富汗，旁边就是苏联部队……在萨尔瓦多[1]，旁边就是游击队……在秘鲁，两边都是……在马尔维纳斯[2]，同样两边都是……在伊朗，正值与伊拉克的战争……在墨西哥，旁边是萨帕塔运动[3]……我在以色列和巴勒斯坦拍了很多照片。很多。那里不缺工作。"

安热拉·露西娅微笑起来，又感到紧张了：

"够了！我不希望你的记忆让这间屋子满是血污。"

费利什回到厨房去准备甜点。两位客人继续相对而坐。没有人说话。他们之间的寂静充满了低语和阴影，还有在遥远、黑暗而隐秘的时代里发生的久远的事。或许也没有。他们可能只是保持沉默，面对着面，因为没什么可说的，而剩下的都是我的想象。

---

[1] 巴西东北部城市。萨尔瓦多 1979 年到 1992 年间发生内战，当地游击队反对军政府独裁统治。

[2] 马尔维纳斯群岛，英国称"福克兰群岛"，位于南大西洋。1982 年英国和阿根廷为争夺该地主权而爆发马尔维纳斯群岛战争。

[3] 萨帕塔民族解放运动是墨西哥恰帕斯州的武装组织，人员以原住民印第安人为主，1994 年起向墨西哥政府宣战并开展武装斗争。

第四个梦

我看见自己沿着一条铺设着木板的斑马线行走。斑马线蜿蜒曲折，悬在沙地上方一米处，消失在远处更高的沙丘间，又重新出现在前方，有时几乎被草丛和灌木遮盖住，有时又完全暴露出来。大海在我的右边，海面平静，波光粼粼，是一种只存在于旅游宣传册或是美梦中的淡蓝色，海中升起一股海藻和海盐一样热腾腾的气味。一个男人向我走来。甚至在我辨认出他的脸孔之前，我就很快知道了他是我的朋友，费利什·文图拉。我意识到，太阳让他不太舒服。他戴着一副不透光的墨镜，穿着粗亚麻布裤子和一件宽松的衬衫，也是亚麻布的，衣衫在风中飘荡，好像一面旗帜。他的头上戴着一顶漂亮的巴拿马草帽，但不论是帽子还是他的优雅和光彩，似乎都不足以将他从待在太阳下的强烈痛苦中解救出来。

"我是个没有颜色的男人。"他对我说,"而且,就像你知道的那样,大自然对空无充满厌恶。"

我们在一张立在斑马线上、宽大又舒适的长椅上坐下。大海在我们的脚下平静地伸展开来。费利什·文图拉摘下帽子,给他那张大脸扇风。他的皮肤发亮,泛出粉红色,满是汗水。我有些同情他:

"在那些寒冷的国家,浅色皮肤的人们不会为太阳的严酷而受这么多折磨。也许你应该移民去瑞士。你去过日内瓦吗?我希望生活在日内瓦。"

"我的问题不在于太阳!"他反驳道,"我的问题是缺少黑色素。"他又笑了,"你注意到了吗?所有无生命的东西都会在太阳底下褪色,而活着的则会获得颜色。"

对他而言,他没有灵魂,他没有生命?!我强烈反对。我从没认识过如此鲜活的人。我甚至觉得他身上不仅有一种生命,而是有许多的生命。在他身上,也在他身边。费利什专注地看着我:

"很抱歉这么问,但是我可以知道你的名字吗?"

"我没有名字。"我回答道,而且表现得十分真诚,"我是蜥蜴。"

"这太荒谬了。没有人是一只蜥蜴!"

"你说得对。没有人是一只蜥蜴。而你,事实上真的叫费利什·文图拉吗？"

我的问题似乎冒犯到了他。他倚靠在长椅上，双眼浸入天空深不可测的惊奇之中。我担心他跳到那里面去。我没去过那个地方，也想不起来在我另一段生命的某次曾在那里待过。巨大的仙人掌，有些有好几米高，矗立在沙丘间，在我们身后，它们也同样在大海清澈的光芒下熠熠生辉。一群火烈鸟在一种宁静的烈焰中飞过蔚蓝的天空，就在我们的头顶上，只有在那时，我才确信这的确是一场梦。

费利什缓缓转身，眼眶湿润：

"这是疯了吗？"

我不知道怎么回答他。

我，欧拉利奥

第二天晚上，费利什又向安热拉·露西娅重复了之前的问题。当然，在这之前，他告诉她，自己又一次梦见了我。我看到安热拉·露西娅一边笑一边说着非常严重的事情，或者完全相反，她一边装作很严肃的样子，一边戏弄她的交谈者。我不是总能明白她在想什么。那一次，她面对着我朋友忧伤的目光笑了出来，大大增加了他的不安，但随后又马上变得十分严肃，问道：

　　"那名字呢？最后那个老家伙告诉你他是谁了吗？"

　　没有人是一个名字！我竭力地想着。

　　"没有人是一个名字！"费利什答道。

　　这个答案给了安热拉·露西娅惊讶的一击。费利什也一样。我看到他望着那个女人，好像在望着一道深渊。她甜甜地微笑着，把右手放到白化病人的左臂上，在他耳边低语了几句，这让他放松了下来。

"不。"他在一声轻叹中肯定地作答，"我不知道他是谁。但既然是我梦见了他，那么我就可以给他起任何我想要的名字，你不觉得吗？我要叫他欧拉利奥，因为他口才很好。[1]"

欧拉利奥?! 我觉得不错。那么，我会是欧拉利奥了。

---

[1] 欧拉利奥（Eulálio）这个名字源于希腊语，意为优秀的演说家。

童年的雨

下雨了。厚重的水滴被大风推挤过来，向玻璃窗冲去。费利什面对风暴而坐，用小勺慢慢地品尝一杯水果奶昔。最近几个晚上，这就是他的晚餐。他自己准备了一个木瓜，用一把叉子叉住。之后他又吃了两个西番莲、一根香蕉、葡萄干、松子、一勺木斯里什锦汤，这是个英国品牌，还有一点蜂蜜。

"我和你讲过蝗虫吗？"

他对我说。

"每逢雨天，我就会想起蝗虫。不是在这里，不是在罗安达，当然了，我从没在这里见过类似的东西。我的父亲，老福斯托·本迪托，从他的外祖母那里继承了加贝拉的一个农场。我们以前经常去那里度假。我感觉就像是去了天堂。我和工人的孩子们玩上一整天，还有一个，或者说另一个白人男孩，就是当地人，那些男孩都会说金邦杜语。我们玩印第安人和牛仔之间的战争游戏，就用我们自己做的弹弓和长矛，甚至用气步枪，我有一把，另外一个男孩也有一把，我们装填上印第安苹果。印第安苹果，你肯定不认识，是一种很小的果实，红色的，差不多就是一枚铅弹那么大。它们作为子弹真是再好不过了，因为当它们击中目标，就会爆开，啪！弄脏受害者的衣服，就像鲜血一样。我看到这样的雨，想到了加贝拉。杧果树把道路，甚至是离开基巴拉[1]的出路都围了起来。基巴拉酒店早餐时提供的煎蛋饼，我从没在别的煎蛋饼里吃出那样的味道。我的童年充满了美味，闻起来也很不错。我记得，是的，我记得蝗虫。我记得天上下蝗虫的那些午后。地平线上昏昏沉沉。蝗虫胡乱地落到草丛里，先是一只在那儿，然后是另一只在更远处，很快，很快，都被鸟吞掉了。黑暗向前推进，笼罩了一切，下一个瞬间变成了一种焦躁的复合体，一种剧烈的嗡嗡声，一种喧嚣，而我们跑回家去，寻找避雨的地方。与此同时，树木失去了叶子，草丛也消失了，就在短短几分钟里被那活生生的火焰般的物种吞食了。第二天，一切曾经的绿色都消失了。福斯

---

[1] 安哥拉城市，西部与加贝拉市相邻。

托·本迪托说他看见一辆绿色的小车是这么消失的：被蝗虫吞食了。大概有点夸张。"

我喜欢听他说话。费利什谈起他的童年，好像他确确实实经历过那段日子。他闭上双眼，微笑起来。

"我闭上眼，又一次看见那些蝗虫从天空中掉下来。红蚂蚁，是蚂蚁中的战士，你知道吗，红蚂蚁会在夜晚爬下来，从夜间某个通向地狱的门上爬下来，然后它们会繁殖出上千只、上百万只，就在我们杀死它们的同时？我记得自己咳嗽着醒来，咳得很重，咳得感到窒息，我的目光在战斗的烟雾中燃烧。福斯托·本迪托，我的父亲，穿着睡衣，俄国人一样卷曲的头发凌乱不堪，赤裸的双脚泡进一个水盆里，用 DDT 杀虫剂炸弹与蚂蚁的海洋战斗。福斯托在一片浓烟中大喊着对仆人下达指令。我在一种孩童的惊奇感中笑了出来。我睡着了，梦见了蝗虫，而当我醒来，它们还在那儿，在烟雾中，在那种刺鼻的烟雾中，它们是数以百万计的小型粉碎机，带着盲目的暴怒与先祖的饥饿。我睡着了，做了梦，它们也进入我的梦中，我看见它们沿着墙壁攀爬，袭击鸡舍里的母鸡和鸽笼里的鸽子。狗啃咬自己的爪子。它们被激怒了，绕着圈旋转，号叫着旋转，试图通过啃咬来袭击那些在它们脚趾上紧抓不放的蚂蚁，它们旋转，号叫，啃咬自己的肉。它们用脚趾一起袭向那些蚂蚁。院子里满是鲜血。血腥味甚至让狗变得更疯狂了。让红蚂蚁变得更疯狂了。老埃斯佩兰萨那时候还没有这么老，惊叫着，哀求着：'做些什么吧，主人！这些动物正在受苦。'我记得我父亲拿上了一杆猎枪，这时她把我拖进房间，以防我目睹这些事。我抱住埃斯佩兰萨，把脸埋进了她的乳房，但没多大用。即便是现在，我闭上双眼，也看得见。我什么都听到了，你相信吗，直到今天我还会为我的狗的死亡而哭泣？我实在不该这么说，我不知道你会不会理解我，但比起我那可怜的父亲，我为我的狗哭泣得更多。我们睡醒了，摇晃头发，摇晃床单，然后蚂蚁掉了下来，已经死了，或者快要死了，但仍然在无意中咬着什么，用它们厚重的铁钳咀嚼空气。幸运的是，下雨了。雨水穿过明亮的天空而来，我们跑去林间，面对着厚厚的干净的水，啜饮大地潮湿的香气。随着一开始几场雨一起到来的还有白蚁。一整晚，它们都在绕着灯光旋转，像是一层雾气，发出轻柔的嗡嗡声，直到失去它们的翅膀，到了早上，道路会盖着一层轻盈透明的地毯苏醒过来。我总觉得白蚁和蝴蝶是没有恶意的生物。过去，所有讲给孩子的故事都以同一句话结尾：'他们永远幸福。'这句话是在王子与公主结婚，生下很多小孩之后讲的。在生活中，显然没有一种情节会这么结束。公主嫁给了保镖，嫁给了杂技演员，生活还会继续，而且两个人根本不幸福，直到他们分开。几年之后，他们也像我们所有人一样死去。只有当幸福是永远的，我们才会感到幸福，真正的幸福，但只有孩子们才生活在这种所有事物都会永存下去的时间里。我在童年时曾感受到永远的幸福，在加贝拉的长假期间，我当时试图在金合欢树的躯干上建造一间小屋。我曾在一条小溪边感受到永远的幸福，一条相当谦逊的水流，甚至省去了一个奢侈的名字，尽管如此，它足以让我们发现它并非一条普普通通的小溪：它就是河流。它流淌在玉米地和木薯地间，我们就到那里去捕蝌蚪，临时起兴地乘着蒸汽小船漫游，稍晚的时候，还会偷看洗衣的妇女洗澡。和我的狗卡比里在一起也让我感到幸福，我们俩都永远幸福，追逐斑鸠和兔子度过漫长的下午，在高高的草丛间玩捉迷藏。在完美王子号的甲板上我感到了幸福，那是罗安达与里斯本之间一段无尽的旅程，我把瓶子丢向海里，里面装有天真无邪的讯息。'发现这个瓶子的人，请给我写信。'从未有人给我写信。在教理问答课上，一位声音很小、目光疲倦又没什么信念的老神父试图给我解释永恒是由什么构成的。

我觉得就是那些长假的另一个名字。神父讲起天使，而我看见了母鸡。而且直到今天，母鸡都是我所认识的与天使的亲缘关系最为接近的东西。他对我们讲起基督的训诫，而我看到母鸡在太阳下啄食，在沙子里挖掘巢穴，转动玻璃珠一样的小眼睛，陷入一种纯然神秘的陶醉中。我想象不出没有母鸡的天堂。甚至也想象不出伟大的上帝懒洋洋地在云朵形成的松软的床上舒展开身体，而身边却没有围着一圈温和的母鸡军团。而且我从没见过一只邪恶的母鸡，你见过吗？母鸡，就像白蚁，就像蝴蝶，总是免于邪恶。"

雨下得倍加剧烈。罗安达很少下这么大的雨。费利什·文图拉用手帕擦了擦脸。他仍使用大大的棉手帕，印有古典图案，手帕一角绣着他的名字。我有点妒忌他的童年。那可能是假的。即便如此，我还是妒忌。

在生活与书本之间

孩童时期，甚至是在识字之前，我时常在我们家的书房里待上很久。我坐在地板上，翻看那本厚厚的插图本百科全书，而我父亲在绞尽脑汁地创作诗句，之后，他又非常明智地把它们销毁了。后来，我上了学，总是躲到书房避难，以逃离那些永远粗鲁不堪的玩耍嬉戏，和我同龄的男孩子拿它们当消遣。我是一个很腼腆的男孩，身体瘦弱，很容易成为其他人嘲笑的对象。我成长了——我成长得甚至比正常人更明显一点，我的身体变得更有力了，但我还是很腼腆，不肯冒险。我做了几年图书管理员的工作，我确信自己在那段时间里非常幸福。从那以后，我一直很幸福，包括现在，就在这具曾被宣判无药可救的小小的身躯里，正如在一本普通的浪漫小说或其他书里，我总是与他人的幸福同行。伟大的文学中少有幸福的爱情。没错，我现在还读书。夜幕降临时，我漫步在书脊间。晚上，我就把费利什留下来的书当作娱乐，它们被摊开着遗忘在床头柜上。连我自己也不太清楚为什么，但我想念理查德·伯顿翻译的英文版《一千零一夜》。我第一次读它应该是八九年前，躲着我父亲，因为在那个年代这还是一部淫秽作品。我回不到《一千零一夜》那里了，但作为弥补，我正在发掘新的作家。例如库切[1]，他是个布尔人，他的严苛、精准以及无法获得赦免的绝望都让我非常满意。我惊讶地了解到，瑞典人认出了一部多么优秀的作品。

我记得一个狭窄的院子，有一口井和一只在泥潭里睡觉的乌龟。人群的喧闹声传到了栅栏的另一边。我也回忆起那些低矮的房屋，沉在黄昏沙砾一样纤细的光线里。我的母亲总是在我身边，她是个虚弱却凶暴的女人，教导我要害怕世界和其中无数的危险。"现实是悲哀的，是不完美的，"她对我说，"这就是它的本质，因而与梦境相区分。当有些东西看起来非常美好时，我们就要想，这可能只是一个梦，这时再掐自己一下，来确定我们没有在做梦：如果感到疼，那就是因为我们没在做梦。现实会伤害我们，即便有时候，在一瞬间，它看

---

[1] Coetzee（1940—　），南非小说家、文学评论家，2003年获得诺贝尔文学奖。

起来像是一场梦。书中有存在着的一切，很多时候有着更为真实的色彩，但没有现实存在的一切真实的痛苦。在生活与书本之间，选择书本吧，我的孩子。"

我的母亲！从现在开始我要叫她：圣母！

想象一个小伙子骑着摩托在辅路上疾驶。风拍打他的脸颊。小伙子闭上眼睛，张开双臂，就像电影里演的那样，感觉到自己是活着的，而且完全与宇宙达成了共识。他没有看到卡车冲出十字路口。他死得很幸福。幸福几乎总是不负责任的。在我们闭上双眼的短短几个瞬间里，我们是幸福的。

小世界

若泽·布赫曼把照片摊放在客厅的大桌子上，是在A4哑光纸上印出的黑白复印件。几乎所有的照片里都出现了同一个男人，一个又高又瘦的老人，一头花白的长发绑成粗粗的辫子，垂落到胸前，然后混入粗糙的胡须里消失不见。他穿着一件破破烂烂的深色衬衫，但仍然能在胸前辨认出一把镰刀和锤子，不过他的头发竖起，目光愤怒地熊熊燃烧，照片上的形象让人想起一位坠入厄运的旧日王子。

　　"过去几周里，我时时刻刻都跟着他，从早到晚。你想看看吗？我让你看看一条野狗眼中的城市。"

　　1. 那个老人，背对着镜头，沿着被开膛破肚的街道前行。

　　2. 废墟中的楼房，墙上被子弹射穿，纤细的骨架暴露在外。其中一面墙上贴着一张海报，宣传胡里奥·伊格莱西亚斯[1]的一场音乐会。

3. 在高楼的包围中玩球的男孩。他们都很瘦，几乎能透过光。他们悬停在尘土里，深陷其中，好像舞台上的舞者。老人坐在一块石头上看着他们。微笑着。

4. 老人在一辆被铁锈吞没的战车残骸的阴影下睡觉。

5. 老人对着总统塑像撒尿。

6. 老人被路面吞噬了。

7. 老人从下水道里出现，像是一个无从管束的神，柔和的晨光照亮了他乱糟糟的长发。

"我把这些报道卖给了一家美国杂志社。我明天就要出发去纽约。我会在那里待上一两个星期。也许更久。你知道我打算做什么吗？"

费利什·文图拉一点也不期待答案。他摇了摇头：

"这太荒谬了！你明知道这很荒谬，不是吗？"

若泽·布赫曼笑了。一种爽朗的大笑。也许他只是开个玩笑。

"很久以前，在柏林，有个朋友的来电让我大吃一惊。他是我在亲爱的希比亚时的童年玩伴。他对我说，

---

[1] Julio Iglesias（1943— ），西班牙歌手、作曲家，其唱片销售量曾创下吉尼斯世界纪录。

两天前他离开了卢班戈[1]，骑摩托到罗安达，再从罗安达坐飞机去了里斯本，又从里斯本乘船到了德国，他下定决心逃离战争。本该有个堂兄等着他，但他一个人都没见到，因此他决定去寻找堂兄的住处，他离开机场，然后迷路了。他悲痛欲绝。他一个英语单词也不会说，更何况德语，而且之前从来没在大城市里待过。我尝试让他冷静下来。'你从哪儿打来的电话？'我问他。'从一个电话亭，'他回答我，'我在自己的记事本里找到了你的电话号码，决定打给你。''你做得不错，'我很赞同，'不要离开那里。只要告诉我你在周围看见了什么，告诉我你有没有看见什么奇怪的、吸引你注意的东西，好让我能确认方向。''奇怪的东西？好吧，路的另一边有一个发着光的机器，亮起又熄灭，它还会改变颜色，绿色、红色、绿色，有一个在走路的小人图案。'"

他讲起这则轶事，模仿着那位朋友的声音，浓重的口音和电话中近在咫尺的不幸的焦灼。他又笑了。这次是哈哈大笑，眼中甚至迸出泪水。他向费利什要了一杯水。喝着水，他慢慢冷静了下来：

"是的，老兄，我知道纽约是一座很大的城市。但

---

[1] 安哥拉西南部城市。

我能在柏林找到一个交通信号灯，和它对面的一间电话亭，里面有一个戴着镣铐的人……这就是用来称呼希比亚当地人的名字，你知道吗？……如果我能在柏林找到一间电话亭，里面有一个戴着镣铐的人正在等着我，那么想必我也可以在纽约找到一个叫埃娃·米勒的室内设计师：我的母亲，上帝啊！我的母亲！十五天之内，我确信，我会找到她。"

\* \* \*

我亲爱的朋友：

　　希望你看到这封信的时候身体健康。我很清楚，准确来讲，现在这不是一封我写给你的信，而是一封电子邮件。已经没有人会写信了。但我诚实地告诉你，我很怀念人们互相交流、互通书信的日子，那些是真实的书信，写在质量上好的纸张上，还可以在上面添上一滴香水，或是再一起放上干花、彩色的羽毛和一束头发。我有些怀念那个邮递员把信件送到我们家里的时代，怀念我们收到信件，打开信件，阅读信件时的欣喜与惊讶，怀念我们在回信时的小心翼翼，挑选和斟酌词语，欣赏它们散发出的光芒，感受它们的馨香，因为我们知道，之后它们会被分发、被研究、被轻嗅、被品尝，最后，其中一些能逃脱时间的漩涡，许多年之后再被重读。我受不了电子邮件的粗陋无礼。面对那个巴西施加给我们的"嗨！"，我总是感到恐惧，一种身体上的恐惧，一种抽象意义上道德的恐惧——怎么可能认真地对待这种方式接近我们的人？在19世纪穿越了非洲腹地的欧洲旅行者，经常用嘲弄的语调提起当地导游在他们漫长的旅途过程中，适时地在某处树荫下与亲戚或熟人迎面相遇时，会相互交换的那些烦琐问候。在场的白人很不耐烦，直到很长时间过去，笑声和赞叹声持续了几分钟，又鼓起掌来，他才打断了导游："所以，那些人说了什么？他们看见利文斯通[1]了吗？""他们什么也没说，没有，老板。"另外那个人解释道，"他们只是在打招呼。"

我期待着一封同时代的来信。所以，就让我们假装这是一封信，刚刚被邮递员送到我们手上。也许，在上面能闻到这些天来，人们在这个腐烂的大苹果中流汗和呼吸的恐惧。天空很低，昏昏沉沉。说到这里，我衷心希望同样的云朵也飘浮在罗安达上空，一个永久的雨季，对你敏感的皮肤有好处的那种，也希望你的生意一帆风

---

[1] David Livingstone（1813—1873），英国医生，传教士，多次到非洲探险，他的旅行记录填补了许多非洲地图的空白。

顺。我相信会的,我们所有人都很缺一个美好的过去,特别是在这个悲伤的祖国里,不会治理国民的人,他们只照顾自己的利益。

当我没什么勇气克服这些街道上令人焦躁的喧嚣时,我会想起美丽的安热拉·露西娅(我觉得她很美)。也许她说得对,重要的是不要像我过去做的那样去见证黑暗,而要去见证光明。如果你正和我们的朋友在一起,请告诉她,至少,她在我的灵魂中播下了怀疑的种子,最近这几天我抬起双眼,望向天空的次数比我这一辈子此前所有的时间还要多。抬起双眼,我们看不到泥土,看不到在泥土里挣扎的小生命。你觉得呢,我亲爱的费利什,是见证美丽更重要,还是揭露恐怖更重要?

也许我不严谨的哲学让你感到厌烦了。我想象得到,如果你读到这里,恐怕已经与我之前提到的那些欧洲探险者感同身受了:"说到底,那个男人到底想要什么?他遇到利文斯通了没有?"

我没遇到。一开始,我先查询了电话簿,发现了六个"米勒",也全都叫"埃娃",但都没有去过安哥拉。随后我决定在五家广泛流通的报纸上登载一则葡萄牙语寻人启事。没有回音。没错,但这时,我找到了她的踪迹。我不知道你懂不懂小世界理论,也叫六度分离理论。

1967年，哈佛大学的美国社会学家斯坦利·米尔格拉姆在堪萨斯州和内布拉斯加州的三百位居民中策划了一个新奇的挑战。他希望这些人能够只利用从朋友和熟人那里得来的信息，通过书信（这件事发生在人们还互通书信的年代）与两个在波士顿的实验对象取得联系，他们只知道这两个人的名字和职业。六十个人同意参与挑战项目。三个人成功了。分析结果的时候，米尔格拉姆发现，发信人与收信人之间平均只隔着六位联系人。如果这个理论是正确的，现在我离我的母亲就只剩两个人的距离了。我始终随身携带着你给我的那张美国版《时尚》杂志的剪报，上面印有一张埃娃·米勒的水彩画。那篇报道下署名的记者叫玛丽亚·邓肯。她很多年前就离开了杂志社，但主编还记得她。寻找了很久之后，我得以发现一个迈阿密的电话号码，玛丽亚还在《时尚》杂志社工作的时候就住在那里。她的一个侄子接了我的电话。他对我说，姑妈已经不住在那里了。丈夫死后，她回到了自己的故乡纽约。他给了我地址，离我住的酒店只隔了一个四方形街区。我昨天去拜访她。玛丽亚·邓肯是一位年老的女士，骨瘦嶙峋，有着紫色的头发，声音有力而坚定，好像是从比她年轻许多的某人身上偷来的。我猜，孤独压住了她，在大城市，这种老年人的痛苦是相当普遍的。她兴致勃勃地接待了我，当她知道我前来拜访的原因，甚至表现得更有精神了。一个正在寻找母亲的儿子会打动任何一个女人的心。"埃娃·米勒？"——不，她对这个名字毫无印象。我把《时尚》的剪报展示给她看，然后她找来一个装着老照片、杂志和磁带的盒子，我们两人就在那里搜寻了几个小时，好像两个身处祖父母家阁楼中的小孩。但很值得。我们找到了一张她和我母亲在一起的照片。比这更重要的是：我们找到了一封埃娃写给她的信，感谢她寄过去杂志。信封上有一处开普敦的地址。我想象着埃娃在纽约定居之前就已经在开普敦生活了。但我又害怕，为了在这里或是她现在的所在地找到她，我不得不重走一遍让她备受折磨的道路。我明天就要飞去约翰内斯堡，踏上到罗安达的回程之路。从约翰内斯堡到开普敦只有很小的一步，但可能是我人生中重要的一步。祝我好运，收下你真诚的朋友的一个拥抱吧。

若泽·布赫曼

蝎子

出于习惯，也出于遗传施加的影响，我整个白天都在睡觉，因为光照让我很不舒服。但有时候，我会被一些东西吵醒，一阵噪声，一束阳光，然后我只好在白天的不适里穿梭，沿着墙壁奔跑，直到发现一道更深的裂缝，一处潮湿幽深的缝隙，它们能让我再一次得到休憩。今天早上，我不知为何醒了。我觉得是因为梦见了什么严肃的东西（我回忆不起模样了，只记得感觉）。也许我梦见了我父亲。睁开眼的一瞬间，我看见了那只蝎子。它离我只有几厘米远，一动不动，蜷缩在充满敌意的铁甲里，像是身披甲胄的中世纪骑士。这时，它掉到了我身上。我向后跳去，闪电般地爬上墙壁，一直爬到天花板上。我清楚地听见，并且一直能听见蝎尾上的毒针拍打在地板上时干巴巴的击打声。

我想起了我父亲有天晚上说过的话，那天他在庆祝对头的死亡——带着虚假的快乐，我愿意这么相信——
"他坏极了，但他对此视而不见。他甚至也不知道什么
是邪恶。或者说：他简直坏透了。"

　　在我睁开眼睛、看到蝎子那个确切的瞬间，这就是
我的感受。

部长

蝎子事件之后，我再也无法重新入睡了。因此，我得以目睹部长的到来。那是一个又矮又胖的男人，在他自己的身体里还感到有些不自在。人们也许会说他是刚刚才被缩短了身体，尚未习惯新的身高。他穿着一件带有白条纹的深色西装，很不合身，这也让他感到十分苦恼。他轻轻叹了口气，任由自己跌坐在大藤椅上，用手指抹了一把大汗淋漓的脸。在费利什给他端上一杯饮品之前，他朝老埃斯佩兰萨大喊道：

"一杯啤酒，女士！冰镇的！"

我的朋友挑了挑眉，但还是克制住了自己。老埃斯佩兰萨拿来一杯啤酒。屋外，太阳正在将柏油路面融化。

"你这儿没有空调?!"

他满脸惊恐地说起这话。他贪婪地大口喝着啤酒，然后要求再来一杯。费利什让他自便，问他难道不想脱掉外套。部长接受了提议。在衬衫的衣袖里，他显得更胖更矮了，好像上帝一不小心坐到了他的脑袋上。

"你对空调有什么意见吗？"他开玩笑地问，"它触犯了你的原则？"

这突如其来的同志情谊更激怒了我的朋友。他咳嗽着，像是在狂吠，然后找来了已经准备好的文件夹。在一张小红木桌上，他慢慢地打开文件夹，充满戏剧性，以一种我已经见过许多次的仪式。结果总是如此。部长屏住呼吸，焦急万分，这时，我的朋友向他宣布了家谱：

"这位是你的祖父，亚历山大·托雷斯·多斯桑托斯·科雷亚·德·萨－贝内维德斯，萨尔瓦多·科雷亚·德·萨－贝内维德斯的直系后代，那位伟大的里约人，在 1648 年从荷兰的统治中解放了罗安达……"

"萨尔瓦多·科雷亚?! 那个给中学命名的家伙？"

"就是他。"

"我还以为他是个葡萄牙人。是某个来自宗主国的政客，或者诸如此类的一个殖民者。那他们又为什么要把中学的名字改成穆图·亚·克韦拉[1]？"

---

[1] Mutu Ya Kevela，安哥拉中部拜伦多（Bailundo）王国的军事指挥官。1902 年，由于橡胶价格波动、布尔农民占领当地居民的土地，克韦拉发起一场反对葡萄牙殖民者的解放战争。战争持续了约两年，最终葡萄牙人镇压了反抗，克韦拉也在战争中死亡。

"我猜是因为他们想要一位安哥拉的英雄。在那个时代，我们需要英雄，好比需要用面包来喂饱肚子。如果你想，我也可以为你安排另外一位祖父。我能弄到文件，证明你就是那位穆图·亚·克韦拉、恩戈拉·基卢安热[1]，甚至是任加女王[2]的后裔，你更喜欢这些吗？"

"不，不，就那个巴西人吧。那家伙有钱吗？"

"非常有钱。他是埃斯塔西奥·德·萨的表兄，那位命运悲惨的里约热内卢建立者，真可怜，被塔穆伊奥斯印第安人[3]用毒箭射了满脸。不过，说到底，你最感兴趣的是，萨尔瓦多·科雷亚留在这里，统治着我们这座城市的那些年里，他结识了一位安哥拉女人，埃斯特法尼娅，她是当时最阔绰的几个奴隶贩子之一费利佩·佩雷拉·托雷斯·多斯桑托斯的女儿。他爱上了她，而这段爱情……我事先说清楚，这是一段不正当的爱情，因为这位总督已经是个已婚男人了……从这段爱情中诞生了三个男孩。我这里有家族谱系，你看，这是

---

[1] N'Gola Quiluange，安哥拉北部的古恩东戈（Ndongo）王国的贵族领袖，反抗古刚果王国的统治赢得独立，建立了后来的安哥拉王国。

[2] Queen Ginga，古恩东戈与马坦巴（Matamba）王国的女王，在位期间为王国的独立与人民的自由而与葡萄牙人进行斗争。

[3] 巴西原住民。

一件艺术品。"

部长大吃一惊：

"棒极了！"

他又感到愤慨：

"该死！是谁出的给中学改名的馊主意?! 一个驱逐了荷兰殖民者的男人，一个兄弟国家的国际主义战士，一个非洲裔祖先，他让这个国家里最重要的一个家族，也就是我的家族就此发家。不行，老兄，事情不能是这样。必须要恢复正义。我要让那所中学叫回萨尔瓦多·科雷亚，为了这个目标，我将拼尽全力去斗争。我会下令制作一尊我祖父的雕像，放在建筑物的入口处。一座巨大的青铜雕像，放在一大块白色大理石上。你觉得大理石还不错吧？萨尔瓦多·科雷亚，骑在马背上，将荷兰殖民者不屑一顾地踩在脚下。佩剑非常重要。我会买一把货真价实的剑，他用剑的，对吧？没错，一把真正的剑，比阿方索·恩里克斯[1]的那把还要大。你也可以在石碑上写一行字，像是'萨尔瓦多·科雷亚，安哥拉的解放者，感谢祖国和马林巴琴联合面包店'这一类的话，这种或那种，怎样都行，但要心怀敬意，该死

---

[1] Afonso Henriques，即葡萄牙第一任国王阿方索一世，他实现了葡萄牙独立，建立了新的王国，因此绰号为"征服者"。

的，要心怀敬意！去想一想吧，之后再对我说点什么。看，我给你带来了阿威罗[1]的蛋黄软糖，你喜欢蛋黄软糖吗？都是阿威罗最好的蛋黄软糖，但这里这些是卡夸科[2]生产的，是全非洲和周边地区最好的蛋黄软糖，也是全世界最好的，甚至比那些正品还好。它们是我的糕点师傅制作的，他来自伊利亚沃[3]，你去过伊利亚沃吗？你应该去一趟。你们在里斯本逛了两天，就觉得自己了解了葡萄牙，但是去尝一尝，尝一尝，之后告诉我，看我说得对不对。那么我就是萨尔瓦多·科雷亚的后代了，天哪！而我现在才知道。太好了。我的妻子会很高兴的。"

---

[1] 葡萄牙西北部城市。

[2] 一座市镇，位于安哥拉首都罗安达。

[3] 葡萄牙中部城市。

艰难岁月的果实

安热拉·露西娅在部长辞别几分钟之后就到了。炎热似乎完全没有给她造成一点伤害。她进来时整洁又利落，发辫熠熠闪光，古铜色的皮肤上散发出石榴一般的清新光芒。也就是说，洋溢着欢喜：

"我打扰了？"

在这个问题和她挂着的微笑里，完全没有表露她会介意打扰到他的迹象。恰恰相反，这会是一个挑战。我的朋友小心翼翼地吻了吻她的脸颊。一个独一无二的吻。

"你从来都不会打扰……"

女人抱住了他。

"你真是太可爱了！"

晚些时候，夜幕已然降临，费利什喟叹道：

"总有一天我会失去理智，亲吻她的嘴唇。"

他想要抓住她的手臂，把她按到一面墙上，就好像她也是他间或带回家来的那些女孩之一。会很困难。安热拉·露西娅的脆弱——我要发誓——纯粹是阴谋。

这天晚上，她转换了角色，眨眼间就从鸽子变成了毒蛇：

"你的祖父，就在那里，画像上的那个，和弗雷德里克·道格拉斯长得很像。"

费利什挫败地看向她：

"啊，你认出他了？你想怎样？这种事就叫作职业歪曲。我的职责是创作故事情节。而我杜撰了太多东西，整天都在做，满腔热忱，以至于有时，到了晚上，我会迷失在自己那些幻想所组成的迷宫里。没错，这就是弗雷德里克·道格拉斯，我在纽约的一个街边市场上买下了这幅画像。但是把你现在坐着的这张大椅子带来的人正是我的一位曾祖父，说得更明白一点，是我养父的祖父。除了这幅画像，我讲给你的故事都是真实的。总之，至少我所记得的是这样。我知道有时我会有错误的记忆，但我们都会有，不是吗？心理学家研究过这个，但我觉得是真的。"

"我相信。但作为交换，你那位朋友，若泽·布赫曼先生，他完全是伪造的，对吧？你创造了他……"

费利什坚决地否认。不，该死的！如果是别人对他说出这种话，他肯定会感到不快，甚至大发雷霆，虽然再转念一想，提出这种猜测也许是出于褒奖，毕竟只有现实本身才有能力创造出若泽·布赫曼这样不可能存在的人物：

"每当我听到一些确实不可能发生的事，立刻就会相信。若泽·布赫曼是不可能存在的，你不觉得吗？我们都这么认为，因此他就应该是真实的。"

安热拉·露西娅琢磨着这些悖论。她笑了起来。

费利什趁机逃避话题：

"说起家族史，你知道吗，你还从来没对我讲过你的。我对你几乎一无所知……"

她耸了耸肩。她说，自己的传记可以概括为短短五行。在罗安达出生。在罗安达长大。有一天她决定出国旅行。她到了很多地方，总是在拍照，最后回来了。她很想继续旅行，继续拍照。这就是她会做的事。她的生活索然无味，除了旅途中遇到的两三个有趣的人。费利什不依不饶。她是独生女，还是说正相反，是在兄弟姐妹的环绕中长大的？还有她的父母，他们都在做什么？安热拉做了个厌烦的手势。她站了起来，然后又坐了回去。四年时间里，她是独生女，之后有了两个妹妹和一个弟弟。她的父亲是建筑师，母亲是空姐。父亲不是个酒鬼，他甚至根本不喝酒，更是从来没性骚扰过她。她的父母彼此相爱，每个星期天，他都会给妻子送花。每个星期天，她则用一首诗作为鲜花的回礼。即使在最艰难的岁月里——她出生于 1977 年，是那段艰难岁月的果实 [1]——他们也总是什么都不缺。她度过了一段简单而幸福的童年。或者说，她的人生无法写成一部小说，更别提一部现代小说。现如今，不可能写出一部小说，连一个短篇小说都不可能，里面的女主人公没有被酗酒的父亲强奸。她接着说，她小时候唯一的才能就是画彩虹。整个童年都在画彩虹中度过了。她十二岁的一天，父亲给了她一部塑料相机，装置很简易，然后她就不再画彩虹了，改为拍摄彩虹。她叹了口气：

"一直到今天。"

费利什在一场画展的开幕式上认识了安热拉·露西娅。我觉得——不过这仅仅是我的推测——在他们互相说第一句话的时候，他就爱上了她，因为他这一生都准备好了，要把自己交给第一个看到自己却没有惊慌退缩的女人。当我说"退缩"时，你们要明白，我不是指字

---

[1]  1975 年，安哥拉脱离葡萄牙殖民统治宣告独立，同年，安哥拉爆发了长达 27 年的内战。

面上的意思。结识费利什·文图拉之际，有一些女人确实退缩了，她们向他伸出手，同时却又后退了一小步。不过，大多数还是在精神上退缩了，意思是说，她们向他伸出手（或是脸颊），说着"非常荣幸"，接着就偏转了视线，懒洋洋地丢下几句关于天气状况的评论。安热拉·露西娅向他伸出脸颊，他吻了她，她也吻了他，然后她说：

"这还是我第一次亲吻一位白化病人。"

费利什为她解释自己的工作——"我是一名谱系学家。"每当他向陌生人介绍自己，他就会这么说。这时，她一下就兴趣盎然：

"真的?! 你是我认识的第一个谱系学家。"

他们一起离开了展会，然后去一间酒吧的露天座位上继续聊天。他们坐在繁星之下，面对着海湾黑漆漆的海水。费利什告诉我，那天晚上，只有他在说话。安热拉·露西娅有一种罕见的能力：她可以维持一段热烈的交谈，自己却几乎不参与其中。之后，我的朋友回到家，对我说：

"我认识了一个不同寻常的女人。啊，亲爱的，我想不到准确的词语来定义她：她身上的一切都是光明！"

我想他夸大其词了。有光的地方也有影子。

第五个梦

若泽·布赫曼微笑着。一个嘲弄的轻笑。我们坐在一辆老旧蒸汽火车的豪华车厢里。一面墙上挂了一幅帆布油画，这让模糊的铜色光芒照亮了半空。我注视着一张黑木与象牙制成的国际象棋棋盘，放在我和他之间的一张小桌上。我不记得我移动过那些棋子，但棋局正在推进。摄影师正占据优势。

"总算来了。"他说，"我想象着这个梦有好几天了。我想看看你。我想知道你是什么样的。"

"那么，你觉得这场交谈是真实的吗？"

"这场交谈当然是真的了，只是环境缺少实体。即便并不逼真，但在一个人梦见的一切中总是存在真实。比如说，一棵开花的番石榴树，放在某一部精彩的小说书页中，就能以它虚构的香气让许多个真实的客厅都变得沁人心脾。"

我不得不同意。例如，有时我会梦见自己在飞。但我从没有像在梦里那样如此真实，又如此可贵地飞过。在我乘飞机飞行的那些日子里，乘飞机飞行没有让我感受到同样的自由。我曾在梦中为祖母的死而哭泣，比醒着时哭得更凶，但这样更好。我还为一些文学人物的死哭泣，比为许多亲戚朋友的消失而流的眼泪更加真实。在这里，我感觉不怎么真实的是若泽·布赫曼身后墙上的那幅油画，一幅忧伤的作品，但不是因为绘画的主题，毕竟它的主题根本就让人猜不透，也许这就是现代艺术最好的品质，说它忧伤，是因为色彩散发的光芒。夜色（飞快地）钻进车窗。我们看见海滩、结满果实的椰子树和木麻黄树宽阔而蓬乱的毛发飞驰而过。我们甚至在遥远的尽头看见了大海，它在一团靛蓝色的大火中熊熊燃烧。火车在一段斜坡上减速。老旧的机械怪兽气喘吁吁，像一个哮喘病人，几乎喘不上气来。若泽·布赫曼将王后的棋子向前移动，威胁着我方国王的马。我让给他一个兵。

他心不在焉地看向棋子：

"真实是不太可能的。"他微笑一下，转瞬即逝。"谎言，"他解释道，"到处都是。就连大自然本身也会撒谎。打个比方，如果伪装不是谎言，还能是什么？变色龙为了欺骗可怜的蝴蝶，就把自己伪装成叶片。它对它撒谎，说：'放心吧，亲爱的，你没看见我只是一片在风中摇曳的绿叶吗？'然后就以每秒六百二十五厘米的速度向它弹出舌头，吃掉了它。"

他吃掉了那个兵。我沉默不语，被他所揭示的道理和远处海洋的波光弄得晕乎乎的。我只记得别人说过一句话：

"我厌恶谎言，因为它是一种不准确的东西。"

若泽·布赫曼赞同这句话。他想了一会儿，斟酌了一下话语的机制和牢靠程度，以及有效性：

"真实也总是模棱两可的。如果它完全精确，那就不是人类说出来的了。"他越说越精神了，"你引用了里卡多·雷斯[1]。请允许我引用蒙田：'没有什么看上去是真实的，但看上去也不会是虚假的。'在十几种职业中，懂得撒谎是一种美德。我想到了外交官、政治家、律师、演员、作家和国际象棋手。我想到了我们共同的朋友，费利什·文图拉，没有他，我们也不会认识。现在，对我随便说种职业，一种从不求助于谎言的职业，并且从事这种职业、只讲真话的人还会得到赏识？"

---

[1] Ricardo Reis，葡萄牙诗人佩索阿的异名之一。

我感觉自己已经被包围了。他移动了其中一个象。我回以马的前进。几天前，我在电视上看见一个有点天真的篮球运动员抱怨那些记者："有时候，他们写下了我说过的话，却不是我想说的话。"

我给他讲了这件事，然后他高兴地笑了。我已经觉得他不那么讨人厌了。火车发出长长的汽笛声。一声惊天动地的号叫，宛如一条红色的丝带在清澈的海岸边缓缓展开。一群渔民在海滩上向火车招手。若泽·布赫曼也用一个动作很大的手势回应了他们的招呼。几分钟前，在短暂的靠站期间，他俯身探出窗外，买了一些杧果。我听见他和水果商贩用一种难以理解的语言讲话，歌唱一般，那种语言听起来像是只用元音组成。他对我说，他讲的是英语，以各种各样的口音讲出来；他还讲了好几种德语的方言，（巴黎的）法语和意大利语。他向我保证，他还能用阿拉伯语或罗马尼亚语像刚才那样侃侃而谈。

"我还会发出骆驼的叫声。"他用讥讽的语气说道，"这是骆驼的秘密语言。我会哼叫，好像一只天生的野猪。我会像苍蝇一样'嗡嗡'叫，像蟋蟀一样'唧唧'叫，你瞧，相信我，甚至还会发出像乌鸦的叫声。在一座荒芜的花园里，我能与木兰探讨哲学。"

他用一把瑞士军刀削了一个杧果，切成两块，然后给了我大的那块。他吃了自己那一块。他说，他曾在太平洋的一座小岛上生活了几个月，在那里，谎言被视作社会最为坚固的支柱。信息部是受人尊敬的机构，几乎是神圣的，负责创造并扩散不实消息。一旦在人群中散播开来，这些消息就会进一步成长，拥有崭新的形式，最后变得自相矛盾，引起广泛的民众运动，为社会注入活力。让我们想象一下，失业率已经达到了被认为是危险的水平。信息部，或者简单来说，该部门就会散布消息，据他们所说，在深海发现了石油，而且仍然在国家的领海之内。经济繁荣即将到来的巨大可能性将重振贸易，移居国外的专业人员也会回国，希望能合作参与重建，短短几个月内，就诞生了新的企业和新的就业岗位。当然，事情并不总是以技术人员所预测的方式发展。比如说，某一次，该部门——虽然名字这么叫，但它始终是独立于政治权力的机构——试图毁掉一个反对者的职业生涯，散布关于他与一个著名英国歌手维持婚外情的谣言。流言蜚语以讹传讹，影响力越来越大，就这样，反对者和妻子离婚，与那个歌手结婚了（在此之前他甚至不认识她），而他就此收获了巨大的名望，几年之后当选国家总统。

"谣言是不可能被控制的。"他总结道，"而这就是这一制度主要的优势，也正是它给予了该部门一种近乎神圣的性质。将军！"

我知道我已经输掉这局棋。我决定冒险把皇后让给他。

"费利什·文图拉说过，如果一件事看起来不可能，他就会全部相信，正因为如此，他才会相信你……"

"他这么说过？"

"说过。我就不相信。既不相信你，也不相信安热拉·露西娅。每当两个或两个以上的事件互相撞在一起，而我们又不知道为什么，就会将其称为偶然，或是巧合。但我们所说的偶然或许应该被叫作无知。两名摄影师，一男一女，都有同样漫长的流亡经历，竟然恰好在同样的时间回国了，你难道不为这一事实感到惊讶吗？"

"我不惊讶，毕竟我就是其中一个摄影师。但我觉得你感到惊讶是理所应当的。我的朋友，巧合所带来的惊奇与树木带来的阴凉有着同样的形式，同样都是无心之举。将军。"

我推倒了我的国王（白方的国王），然后醒来了。

真实的角色

部长正在写一本书，《一个战士的真实人生》，一部卷帙浩繁的回忆录，希望能在圣诞节之前出版。更准确地说，写下这部书的是雇佣来的代笔——名叫费利什·文图拉。我的朋友将大部分白天的时间，甚至是晚上都贡献给了这份工作。每当他完成一个章节，就把它读给未来的作者听，他们会就这里和那里的细节问题展开讨论，他会记下一些修改意见，改正那些需要改正的地方，就这样推进下去。费利什娴熟又仔细地将现实与虚构相缝合，充分尊重日期和史实。部长在书中与真实的人物对话（有时是王室的人物），最好这些人物明天就能相信他们确实与他交换过机密与意见。很大程度上，我们的记忆从他人对我们的记忆中摄取养料。我们倾向于把别人的记忆当作自己的记忆——包括虚构的记忆。

"这就好比里斯本的圣乔治城堡[1]，你知道吗？它有城垛，但城垛都是假的。安东尼奥·德·奥利维拉·萨拉查曾下令在城堡上增加城垛，好让它变得更加真实。在他看来，一座没有城垛的城堡看上去是个错误，甚至隐约是什么畸形的东西，像是没有驼峰的骆驼。正是今天圣乔治城堡上那些虚假的部分才让它变得逼真。与我交流过的好几位里斯本八旬老人都因此相信，城堡上一直能看见城垛。这件事有点意思，你不觉得吗？如果它是真的，反倒没人会相信了。"

只要《一个战士的真实人生》一出版，安哥拉已有的历史将拥有更多丰富的细节，变得坚不可摧。这本书将会成为未来很多作品的参考资料，关于民族解放斗争、独立后那段动荡岁月以及国家大范围的民主化运动。我举了几个例子：

1. 1970年代初，部长曾是罗安达邮政机构的年轻职员。他还是一个名叫"无名氏"的摇滚乐队的鼓手。比起政治，他对女人更感兴趣。这就是事实，说白了，一个普普通通的事实。在书中，部长透露，那段时间他就已经从事政治活动了，暗中（甚至是非常隐秘地）与葡

---

[1] 里斯本最古老的建筑之一，位于市中心，是里斯本重要的历史古迹和旅游景点。

萄牙殖民主义抗争。他受到自己祖先热血的激励——他多次提到萨尔瓦多·科雷亚·德·萨－贝内维德斯。他在邮局里建立了一个小团体，支持解放运动。这个团体专门在寄给殖民官员的信件中分发小册子。1974年4月20日，包括部长在内的三名成员遭葡萄牙政治警察逮捕入狱。也许是康乃馨革命[1]救了他们的性命。

2. 1975年，独立的几周前，部长离开安哥拉，逃到里斯本避难。比起政治，他还是更喜欢女人。在饥饿的驱使下，他在一份民间报纸上刊登了一则广告："马林巴琴大师——治疗毒眼[2]、妒忌、灵魂的疾病。保证爱情与事业双双成功。"比起一则广告，这更像是一个预示。短短几个月，他就发了财（纯粹是魔法）。女人们络绎不绝地来到他的诊所。大部分女人希望重新赢得丈夫的关注，把他们和情人拆散，将一场失败的婚姻推倒重建。另外一些只是想找个人听她们说话。他倾听了她们的话。部长解释说，客人会根据她们各自的财产支付报酬。他治疗过的女人送给他针织外套用以抵御冬季的

---

[1] 1974年4月25日于里斯本发生的军事政变，由一些中下级军官领导，推翻了萨拉查的独裁政权。政变期间，军人手持康乃馨代替枪支，由此得名"康乃馨革命"。

[2] 一种古老的民间迷信，认为妒忌或怨恨的目光可以伤人甚至置人死地，可用佩戴护身符等方式化解。

严寒，还有新鲜的鸡蛋和蜜饯。更有钱的女人则会给他开一张巨额支票，让人往他家里送去家用电器、质量上乘的鞋子和名牌服装。一个极为漂亮的金发美女把自己献了出去，她是一位著名足球运动员的妻子。最后，她还把车钥匙留给了他，后备厢里装满了一瓶瓶的威士忌。第一次大选之后，部长回到了罗安达，这么多年，他安慰婚姻不幸的女人，攒下了一笔钱，他用这笔钱成立了一家连锁面包店：马林巴琴联合面包店。这就是部长给费利什讲述的真相。但对历史而言，真相则变成了费利什让部长讲述的内容：1975 年，他对事态发展感到失望，又因为拒绝参与一场残杀同胞的战争（"这不是我们之前说好的"），部长流亡到了葡萄牙。他的祖父是一位智者，通晓安哥拉草药的专家，他从祖父的教导中受到启发，在里斯本开了一家诊所，致力于非洲替代医学。1990 年，内战结束，他回到了祖国，一心想为国家的重建贡献力量。他想要给人民"我们日用的饮食"[1]。而他就是这么做的。

3. 部长的归来也标志着他涉足政坛的开端。他开始收买一些所谓"体制"内的成员，以便加快面包店的认

---

[1] 出自《圣经·马太福音》第六节，原文为："我们日用的饮食，今日赐给我们。"

证审批。短时间内，他已然频繁地出入部长与将军的家中。两年的时间，足够让他自己也被任命为国家经济透明与反腐败委员会秘书。在《一个战士的真实人生》中，部长解释了他是如何仅在伟大而严肃的爱国原则推动下，接受了这第一个挑战的。今天，他是面包与乳制品部长。

反高潮

有人在很早的时候就显露了一种承受不幸的强大天赋。不幸像是一块石头，隔三岔五就砸在他们身上，而他们就逆来顺受地叹着气，接受了。与此相反，另一些人则对幸福有一种奇怪的倾向。这种人会被海底的蔚蓝吸引，另外那种人则会被它的醉生梦死吸引。有人注定会做梦（有些为此付出了相当高的代价）；有人生来就会工作，脚踏实地，不知疲倦；也有人像河流一样十全十美，从源头流向河口，几乎从未离开河床。我觉得若泽·布赫曼的情况更为罕见——他倾向于带来惊奇。他喜欢吓唬其他人。他也喜欢被吓唬。

"有一天，有人对我说：'你不过是个冒险家。'他不屑一顾地对我说，好像在朝我吐唾沫。但是我认为他说对了。我寻求冒险，或者说，寻求意料之外的事，一切能让我远离无聊乏味的事，好比其他人寻求酒精或赌博。这是一种瘾癖。"

费利什·文图拉故意不相信地看向他。他想问一个显而易见的问题："你找到你母亲的踪迹了吗？"但他也知道，这样他就走上一条妥协之路了。上一次我们做梦时，他对我讲了一个朋友的事，是演员奥兰多·塞尔吉奥，在街头，人们时常把他和他在一部流行电视剧中扮演的角色弄混。人们拥抱他，祝贺他，或者指责他，赞同或是争论那个角色的态度。很少有人通过他的真名认识他。当他为了逃避那些说教和斥责，提醒他们他是个演员时，一些人还会感到恼怒：

"我的名字是奥兰多·塞尔吉奥。先生你弄混了我和……"

"别开玩笑了，老兄，别开玩笑了！好好听着我的忠告就行了，稍微耐心点，我还不知道你是谁吗？"

费利什感觉自己正落入同样的圈套。若泽·布赫曼昨天从南非赶回来，过来的时候穿着"木薯上校"[1]的衣服，宽大的七分裤和缀满口袋的坎肩，一身的卡其色。说话时，他会从那些口袋里拿出各式各样的物件，像是马戏团的魔术师从礼帽里抓出兔子那样敏捷：

---

[1] 西班牙服饰品牌，主要经营户外运动类服装、鞋帽与箱包，风格时尚，受到年轻人的喜爱。

1. 一只青铜蟾蜍。

"真好看，你不觉得吗？不觉得？你不喜欢蟾蜍吗?! 好吧，亲爱的，我喜欢。你知道吗，在很多文化里，蟾蜍是一种转变的象征，是精神变态[1]的象征，代表着走向一种更为高级的意识状态。显而易见，这是由于蟾蜍经受了复杂的变态过程，但在某些美洲原住民看来，也是因为一些种类会分泌出带有致幻作用的毒液。这是一只科罗拉多蟾蜍，来自索诺拉沙漠[2]。我从开普敦的一个古董商手中买下了它。它就在橱窗里摆着，然后我进去买了下来，因为我对蟾蜍很感兴趣。如果我对蟾蜍没兴趣，如果我没走进那家店，那我根本就不会发现它。"

2. 一幅水彩画，比邮票稍大。

"是在奔逃的羚羊。看啊，草丛在摇动，羚羊悬浮在草丛上，像是一支舞蹈。现在看看签名，在这个角落里，看得见吗？埃娃·米勒。最后再看看日期：1990年8月15日。真是意想不到，对吧？"

我看得出来，费利什吓了一跳。他小心翼翼地将那

---

[1] 此处的"变态"一词为生物学术语，指一些生物个体发育过程中，在形态与构造上发生变化。

[2] 北美洲的一个大沙漠，位于美国和墨西哥交界，北美地区最大和最热的沙漠之一。科罗拉多蟾蜍是原产于该地区的一种有毒蟾蜍，会分泌出能让人产生幻觉的毒液。

张水彩画捏在指间，仿佛在忧心东西的不可能性会威胁到它自身的实体存在。

"这不可能。"他摇了摇头，"我不知道你想要什么。我觉得你能走这么远实在是不可思议……"

"不会吧！你以为是我自己画的这张画吗？不是，不是！事情确实就那样发生了，与我对你说的一模一样。我在开普敦一家古董店发现了这张正在售卖的画，它隐藏在十来张同类型的图画中间。一下午，我都在寻找另一张签有她名字的水彩画，但再也没有了，可惜，我只找到这一张。纳尔逊·曼德拉获胜后不久，这家古董商从一个决定离开这个国家的英国人那里拍下了这件卖品。他已经和他失去联系了。"

"所以你无从得知更多关于埃娃·米勒的事了？"

若泽·布赫曼没有马上回答。他从坎肩里侧的另一个口袋里拿出了：

3. 一叠薄薄的彩色照片。

"你看。这栋楼就是埃娃·米勒给玛丽亚·邓肯寄信的地址，在一个白人中产阶级居住的街区。你去过开普敦吗？那是个奇特的地方。想象一下，一个用高大的棕榈树装点大厅的现代购物中心。那些棕榈树真是美极了。是塑料做的，但只有在摸上去的时候才会发现这一点。开普敦让我想起了一棵塑料棕榈树。我跟你说，这是一座令人印象深刻的城市，十分干净，十分整洁。是一个让人渴望去相信的骗局。这是现在住在我母亲生活过的那个公寓里的人。看到这些伤疤了吗？1980年代的时候他住在马普托[1]。他是南非共产党的要员。有一天晚上，他上了车，点了火，然后，'砰！'轰天震地，他失去了双腿和一只眼睛。我觉得他人不错，是那种终其一生都在与种族隔离斗争的人，很难适应这个彩虹之国[2]。他抱怨已经没有人捍卫理想了，认为资本主义模式的胜利腐化了人民，愤怒于民主和它那些自由的法律，但他真正怀念的是他失去的青春、他的眼睛和双腿。我从没听他说起埃娃·米勒。不过另外这张照片上的房东，一个将近百岁的老布尔人说起过，他清楚地记得我母亲。"

我待在他们的正上方，头朝下倒挂在天花板上，从这个角度，我能看到所有的细节。费利什点上灯，打算研究一下那些照片。老布尔人的肖像照得特别好（和其他所有的图片一样，都是黑白的）。他正坐在一张高

---

[1] 莫桑比克首都，位于国土南端，濒临印度洋马普托湾。

[2] 指南非。南非共和国成立时，南非大主教为消除种族隔离，提出将其称为"彩虹之国"，象征各种族之间的包容与团结。

大沉重的深色木椅上。柔和的光线斜照着他的右半边脸，照亮了他身上的沉默。在右下角，几乎沉入阴影的地方，能够辨认出一个充满活力的小狗的剪影，它非常小，是那些资产阶级女士喜欢养来作为陪伴的小狗。我一直觉得它们很是恼人，因为比起狗，它们更像是受过训练的老鼠。

"你喜欢这张照片吗？我也喜欢。"若泽·布赫曼微笑道，"最好的肖像不是能概括出一个人物的，而是能概括出一个时代的。好了，这位老人半信半疑地接待了我，没对我多费口舌，但作为交换，他为我这趟旅程画上了一个句号。你想看看吗？"

4. 一张约翰内斯堡报纸《世纪》剪报。

"你准备好了吗？我想这就可以称作'反高潮'。将会由你告诉我。读吧！"

费利什照做了：

"埃娃·米勒去世了。今晚，北美造型艺术家埃娃·米勒于她在开普敦海角的家中逝世。她曾在安哥拉南部生活，把我们的语言讲得很流利，在南非的葡萄牙人群体里，米勒女士是位受尊敬的人物。最近几年，她一直在开普敦和纽约之间来回奔波。她的死因尚不清楚。"

无关紧要的人生

记忆就是透过行驶的火车车窗看见的一道风景。我们看到黎明的曙光在槐树上蔓延，鸟儿啄食着早晨，像是在啄食一颗果实。更远处，我们看到一条宁静的河流，树林拥抱着它。我们看到牧群在慢悠悠地吃草，一对夫妇牵着手奔跑，孩子们在足球间手舞足蹈，足球在太阳下闪闪发光（另一个太阳）。我们看到平静的湖泊，鸭子在湖中游泳，大象饮下湍急的河水以此解渴。这些都是在我们眼前发生的事，我们知道它们是真实的，却是遥远的、无法触及的。有一些离我们太远，火车又开得太快，让我们根本不能肯定它们是不是确确实实发生了。也许我们是做了个梦。我的记忆已经出错，我们说，变暗的只是天空罢了。当我想起自己从前的肉身，这便是我的感受。我记得零散又不连贯的事实和一场大梦的碎片。一次派对上，已经快要结束的时候，在烟雾、酒精和纯粹抽象的疲惫所营造的模棱两可的醉意中，一个女人用胳膊抓着我，在我耳边喃喃低语：

"你知道吗，我的人生会写成一部小说，不是一部随便的小说，而是一部伟大的小说……"

我相信这种事不止发生过一次。我能肯定，他们中的大多数人从没读过一部伟大的小说。现在，我知道所有的人生都是特别的，我觉得我之前就已经知道这一点了。费尔南多·佩索阿让一个办公室小职员平凡的传记变成了《不安之书》，也许这是葡萄牙文学中最有趣的作品。几天之前，当我听到安热拉·露西娅坦然承认她的人生无关紧要，我倒是很乐意再多了解一些。如果一天晚上，一个女人用胳膊拉着我，对我说出类似"你知道吗，我的人生根本没什么引人注目的，我的存在对于世界不值一提"这种话，也许我就会爱上她。与我的一些敌人含沙射影的看法截然相反（我的许多朋友也在暗中支持），我总是对女人很感兴趣。我喜欢女人。我曾经习惯性地与一位女性朋友，或是与另外一位更亲近的一起出去，来一场漫长的散步。临别时，我拥抱她们，她们头发上散发的馨香和胸部坚挺的触感都让我兴奋不已。但如果某个女人主动想要吻我，或是有什么比接吻更加大胆的打算，我就会想起达格玛（奥罗拉、阿尔巴或露西娅），然后变得惊慌失措。我就是一个囚犯，在这种恐惧下生活了漫长的年月。

埃德蒙多·巴拉塔·多斯雷斯

今天晚上，若泽·布赫曼出现时，身边跟着一位老人，留着长长的白胡子，头发灰白，一条乱糟糟的辫子垂在肩膀上。我立马就认出了他，是那位摄影师接连追踪了好几个星期的流浪汉，一张不寻常的图片展示了他从一条下水道中显现的景象。一个古老的神、一个复仇者，有着凌乱不堪的头发和倏忽间燃起的双眼。

"我要向你介绍我的朋友埃德蒙多·巴拉塔·多斯雷斯，国家安全部的前特工。"

"不是什么前特工！还是叫前人民吧！前模范市民。被排除的典型，存在着的排泄物，无足轻重的爆炸性肿瘤。简而言之：专业的流浪者。很荣幸见到你……"

费利什·文图拉向他伸出了手指尖。他心存怀疑，又感到十分厌恶。埃德蒙多·巴拉塔·多斯雷斯把他的手牢牢抓在自己的手掌间，抓了很长时间，他斜眼看着他（像是一只鸟），注意力却很集中，戏谑地品味着对方的不适。若泽·布赫曼穿着一件好看的蜂蜜色斜纹布外套，双手在胸前交叉，看起来同样乐在其中，圆溜溜的小眼睛在客厅昏暗的阴影下发着光，像是玻璃珠一样：

"我想你会喜欢与他结识的。这个男人的人生像是由你创造出来的……"

"不好意思？"

"洗耳恭听先生。他们从前都这样叫我。是我在战争中的名字。我过去很喜欢，很喜欢听见它。然后，刹那间！柏林墙就在我们头顶上倒下了。该死的，老兄！一天是特工，另一天就是前人民了。"

费利什·文图拉颤抖了一下：

"你是加斯帕尔老师的学生？"

埃德蒙多·巴拉塔·多斯雷斯惊讶地微笑起来：

"哦！没错，没错。同志，你也是？"

两个男人相互拥抱了一下，充满诚挚的喜悦。他们交换了回忆。巴拉塔·多斯雷斯比费利什·文图拉大了好几岁，他曾上过加斯帕尔老师的课，那段时间，萨尔瓦多·科雷亚中学里的黑人学生屈指可数。结束学业后，他在气象服务机构工作。1960年代初，他被捕了，被指控试图在罗安达建立一个爆炸袭击网络，他在佛得角的塔拉法尔集中营[1]待了七年。

"是个鸡笼。"他总结道，"但海滩很美。"

独立后的短短几周，他的朋友和敌人（而且敌人总是比朋友多）已经将他称为"洗耳恭听先生"了。两年在哈瓦那，九个月在柏林（东柏林），又有六个月在莫斯科，就这样，百炼成钢，他回到了非洲社会主义坚固的战壕中。

"一个共产党员！你相信吗？我是赤道以南地区的最后一个共产党员……"

正是这种固执让他走投无路。短短几个月，他变成了一个意识形态上的障碍。那种恼人的家伙。他并不为高喊"我是共产党员！"而感到羞耻，但那时他的上司们只会低声喃语"我曾经是共产党员"，而他则不停地高呼"我是共产党员，没错，我是马列主义的狂热拥趸！"，即便是在官方叙事最后也开始否认国家的社会主义历史之后。[2]

"我看到了一些东西，老兄！"

---

[1] 建于 1936 年，用来关押葡萄牙政治犯和在葡萄牙殖民地从事解放运动的政治犯。

[2] 安哥拉独立后曾建立社会主义政权，得到苏联的支持。后安哥拉政府放弃社会主义路线，实行多党制。

若泽·布赫曼在费利什·文图拉的曾祖父从巴西带来的那张大藤椅上坐了下来，交叠双腿。他把右手伸进外套内侧的口袋，拿出了一个银制烟盒，打开来，慢慢地分拣出烟草，然后卷起一根香烟。他的脸上浮现出一抹含有恶意的笑容：

"告诉他你告诉我的那些事吧，埃德蒙多，总统的故事……"

埃德蒙多·巴拉塔·多斯雷斯沉默地看向了他，严肃又愤慨，用力地拉扯着自己的胡须。有那么一刻，我觉得他会起身。我害怕看见他离开。若泽·布赫曼耸了耸肩：

"你可以说，该死的！没事的。这位费利什是那种可靠的家伙。他是我们家的一员。而且你们不都是著名的加斯帕尔老师的学生吗？不是吗？这已经意味着一些事了。费利什对我说，这就好比属于同一个部落……"

"他们用一个替身取代了总统。"埃德蒙多·巴拉塔·多斯雷斯就说了这么一句，然后就闭上了嘴。他的目光在客厅里焦躁地转来转去，像是一只麻雀在寻找一扇敞开的窗户、一束光、一小片可以逃跑的天空。他压低声音："他们换掉了那个老人，在他的位置上放了一个替身，一个稻草人，谁知道该怎么说，一个该死的复制品。"

"妈的！"费利什爆发出一阵大笑。我从没听他说过脏话，也从没听他笑得这么猛烈。若泽·布赫曼吓了一跳，然后也仿效起他。他们两人笑了起来。我们三个都笑了起来。一阵大笑拉扯着另一阵。最后，费利什安静了下来。

"所以我们现在有一位虚幻的总统。"他说着，用一张手帕擦拭眼泪，"我也曾怀疑过这点。我们有一个虚幻的政府、一个虚幻的司法系统。总而言之，我们有一个虚幻的国家。但是，告诉我，是谁取代了总统？"

埃德蒙多·巴拉塔·多斯雷斯蜷缩在了椅子上。他已经无法让我想起神了，更别说是战神，他看起来更像是一条蒙羞的狗。恶臭熏天。一种尿液的味道，腐烂的叶子和果实的味道。他直起身，然而并未回答白化病人，而是转身，朝若泽·布赫曼伸出手指：

"这种大笑……当我听见这阵大笑，老兄，我仿佛正在看着另一个人，一个很久很久之前的人。在另一个时代。在古老的时代。我们不是已经认识了吗？"

"我不相信。"摄影师紧张起来，"我来自希比亚。你来自希比亚吗？"

"你在胡说什么，老兄?! 我是土生土长的罗安达人……"

"那就不会认识了。"

"没错。"费利什肯定道,"布赫曼家族来自广阔的南方,是从那边的省市过来的。是丛林人……"

"丛林人?我们的丛林像是一座花园。你们罗安达这里为数不多的花园倒像是丛林。"

"冷静点。打倒部落主义。打倒地区主义。人民的力量万岁,之前人们不是都这么说吗?我想要的是让这位埃德蒙多同志回答我的问题。说到底,是谁用一个替身取代了总统?"

埃德蒙多·巴拉塔·多斯雷斯深深地叹了口气:

"我觉得是俄罗斯人。也许是以色列人。武装黑手党,摩萨德[1],谁知道呢,或者两股势力都有。"

"有可能。说得通。那你又是怎么发现这场政变的?"

"我认识那个替身。我聘用了他!我还聘用了其他人。那个老人从不出现在公众场合。出现的都是那些替身。那个人,三号,总是最好的。他是唯一可以说话却不会引起怀疑的人,其他人都保持沉默,我们只在需要

---

[1] 以色列情报组织,全称为以色列情报和特殊使命局。

一具身体出席的仪式上使用他们。三号是个特殊情况，他是个罕见的天才，一个真正的演员，我亲眼见过他的训练，花了我们五个月的时间。他学得很快。如何移动，如何走向人们，嗓音的音调，礼节，那个老人的传记，所有的一切。他变得完美无缺。或者说几乎完美无缺：这家伙当时只有一个问题，我得说，现在还有这个问题，他是左撇子。甚至连这一点都像是总统在镜子中的形象。因此我认了出来。你没察觉到总统现在变成了左撇子吗？没有，你没察觉到。谁都没察觉到。"

"你什么时候发现这点的？"

"一年前，一年多一点。"

"你当时还在安全部工作吗？"

"我?! 老兄，我已经过了七年多的流浪生活了。看见这件衬衫了吗？它变成皮肤了。这是一件苏联共产党的衬衫。他们开除我的那一天，我穿上了它，然后再也不会脱下了。我发了誓，只要俄罗斯不恢复共产主义，我就不会脱下它。现在，即使我想，也已经脱不下来了。它变成皮肤了，你看见了吗？我的胸前文上了镰刀和锤子。已经不会脱落下来了。"

确实没有脱落。费利什·文图拉惊奇地看向他。若泽·布赫曼微笑着，好像在说："所以说，他有两下子吧？"埃德蒙多·巴拉塔·多斯雷斯重获了老战神的姿态。他粗暴地摇晃着灰白的发辫，在他的周围散发着一股可怕的恶臭。

"汤？"他问道，"没有汤吗？"

＊　＊　＊

"他疯了！"埃德蒙多·巴拉塔·多斯雷斯离开后，费利什断言道。他把这句话重复了一遍又一遍，坚定不移。他不准备在这件事上浪费更多时间了。

然而，若泽·布赫曼坚称：

"我知道更奇怪的事情……"

"听着，这个人彻底疯了。他掉进坑里了。你在国外旅居了太久，根本不知道我们在这个该死的国家里都经受了什么。罗安达到处是这种人，他们看上去神志清醒，却会突然破口而出难以置信的语言，或是毫无缘由地哭泣，或是大笑，或是咒骂。也有些人同时做出所有这些事。有些人断定他们已经死了。另一些人则是真的死了，但还没人敢去告诉他们。有些人相信自己会飞。另一些人对此深信不疑，结果竟真的飞起来了。这座城市就是疯子的市场，在那里，在满是断壁残垣的街道上，在遍布四周的穆塞克里，还有着根本没被归类的病灶。别把他们告诉你的一切当回事。顺便，听一句忠告吗？别把任何人当回事。"

"也许他不是真的疯了。也许他只是在装疯。"

"我没看出区别。一个选择生活在街道和下水道里面的人，相信俄罗斯会恢复共产主义，甚至还想要被误认为是一个疯子：在我看来，这就是疯了。"

"也许是，也许不是。"若泽·布赫曼看起来失望透顶，"我想要更了解他。"

爱情，一场犯罪

"我们在这里度过了艰难的岁月。"

费利什叹了口气。天气闷热，令人喘不过气。湿气黏附在墙壁上。然而他却直挺挺地坐在大藤椅上，穿着一件剪裁得体的深蓝色西装，衣服衬托出皮肤的光泽。汗水中流淌出的是尊严。在他面前，安热拉·露西娅穿着一件花上衣和一条红色短裤，窝在一张丝绸垫子上，微笑着听他讲话。

"曾经有一段时间，因为没钱雇女佣，所有事都要我独自完成。打扫屋子、洗衣服、做饭、照料植物。那时还没有水，我不得不去打水，头上顶着一个铁桶，像是倒卖货物的女商贩，去到开凿在柏油路面上的一处孔洞——在那儿，在道路尽头，通往墓园的弯道上。我能承受住所有这些年，是因为有文图拉在。我总是大喊'文图拉，去刷碗'，然后文图拉就会去。我大喊'文图拉，再去打点水来'，然后文图拉就会去。"

"文图拉?!"

"我自己，文图拉。他是我的替身。生命中的一些时候，我们所有人都会诉诸一个替身。"

安热拉·露西娅觉得埃德蒙多·巴拉塔·多斯雷斯的命题很有意思。她非常喜欢替身的想法。他们一起看了好几盘有总统出现的录像带。费利什·文图拉收藏了好几百盘录像带，我想我已经讲过这件事了。他们惊讶地确认了，在更早一些的录像里，那位老人是用右手签署文件的，但在最近的录像里，他总是使用左手。安热拉·露西娅还注意到，在几段画面中，他的左眼下方有一颗小痣。另一些画面中则没有。

"他可能已经把痣点掉了。"费利什反驳道，"现在人们要抹掉身上的印记，就像洗去一块墨迹一样简单。"

安热拉观察到，长了痣的总统出现在早期的录像里，但也出现在了没长痣的总统之后的录像里。

"他只可能是其中一个替身！"

一整个下午，他们都乐此不疲地玩着这个游戏。五个小时之后，已然夜色浓重，他们已经辨认出至少三个替身：一个长着痣，另一个有点秃顶，至于第三个，安热拉发誓，他的双眼中有一种大海般的平和光芒。

"在光芒的论题上，我不和你争。"费利什说道。就在这时，他又想起关于替身文图拉的小插曲了："相信我。我们在这里度过了艰难的岁月。"

女人想知道他是如何在那个年代存活下来的。费利什耸了耸肩。他的生活很糟糕，他喃喃道，一开始，他租赁小说，埃萨、卡米洛、若热·亚马多[1]，毕竟没几个人有钱买下这些书。后来，他开始把装着书的包裹寄去里斯本，然后他父亲就会把它们卖给旧书商和选定的顾客。在独立前那动荡的几个月里，福斯托·本迪托·文图拉设法从穷途末路的殖民者手中低价买下了几个绝佳的书柜。他用一枚银戒指换得一套装订成册的19世纪安哥拉报纸。一书柜的医学书籍，保存完好，有一百多卷，只花了他一条丝绸领带。又用六美元换来十五个装满历史书籍的箱子。几年之后，一些老殖民者又会以它们真正的价格向他买回这些书报，十本一包地送出。

"最终，这是一笔好生意。"

热气从地板上升腾而起。它从门缝里钻进来，缓缓地飘进一阵潮湿的风中，带着大海的咸味和杂音、鱼儿

---

[1] Jorge Amado（1912—2001），巴西现代主义小说家，巴西最有影响力的作家之一，主要作品有《加布里埃拉》《弗洛尔和她的两个丈夫》等。

的惊奇与微弱的月光。安热拉·露西娅有一片闪闪发光的皮肤。衬衣紧贴在胸部。费利什没有脱下外套。他想必正穿着它煮饭。我只想找一道凉爽的缝隙钻进去。我一直走到厨房，在上面，透过最高的玻璃窗，可以看见院墙之外穆塞克的迷人喧嚣，然后是宽阔又漆黑的深渊，还有星星。那道漆黑的深渊就是大海。很长一段时间，我一直都在看着它。我想象出自己像以前一样，不知不觉地沉入那片寂静之中，心惊肉跳，双手划开了水面，脚上感到一阵惬意的寒冷，它从双腿上升起，一直抵达腰间。这让我感到神清气爽。回到客厅时，我看见费利什已经脱下外套，坐在电视机前的大垫子上，怀抱着安热拉。天花板上的风扇投射出温热的空气，懒洋洋地拍打到墙壁上。数百年的尘土、螨虫、作家们苍老的灵魂，从厚厚的书本上落下来，在空中起舞，好像一阵雾气，好像一个模糊不清的梦境，被电视机里的闪光点亮了。无声的黑白画面，是总统正在主持一场会议。总统举起拳头。总统正穿着运动服踢足球。总统正在向其他总统问好。然后是彩色画面，总统正在为一座公园举行落成仪式。"前英雄沙维斯公园"，牌子上写着。安热拉笑了。费利什也笑了。总统剪下了彩带。费利什转向女人，吻上了她的嘴唇。我看见她不无惊讶地闭上双眼,接受了这个吻。我听到了她的轻吟。白化病人试图脱下她的衬衫。她制止了他。

"不行。这样不行。别这么做。"

她以一种优雅的姿态抬起腿来,然后脱掉了短裤。衬衫紧贴在身上,让人料想到她令人惊奇的圆润乳房,还有平滑的腹部。接着,她转过身,在费利什身上跪下。她肩膀宽阔,像游泳健将一样美妙,让腰部看起来更显纤细。我的朋友叹了口气:

"你真是太美了……"

安热拉用双手抱紧他的后颈,吻了他。一个很长的吻。

这让我不禁屏息。

\* \* \*

母亲比我年长一点,并且,显而易见,随着我们在彼此身边日渐老去——始终都在彼此身边——我们之间的差异也缩小了。除此之外,我还认为,她比我老得更慢。从某个时候开始,倘若我们一起出门,有人对我谈起她来,会说"你的妻子"。如果她再活得久一点,他们也许就会把她当成我的女儿了。我相信,这些无伤大雅的误解曾经令她非常开心。她坚持称我为孩子。直到她决定死去的那一天，她将近一百岁了，还掌控着我的生命之线。

"我家孩子不可以回家太晚。"

而八十多岁的我就活在对午夜之后走进家门的恐惧中。和某位女性朋友一起出门散步的时候，我觉得自己必须每半个小时给家里打一次电话，为了让母亲不至于忧心忡忡。她总是会醒着，警惕地等着我，怀中抱着猫。

"我家孩子不可以喝酒。"

我坐在酒吧的桌边，喝着一杯牛奶，而我的朋友们在善意地取笑我，醉倒在威士忌或啤酒中。母亲还竭尽全力地让我远离所有那些她不信任的女人，怀疑她们有一天会让我远离她自己。不过对于那些特别丑陋的女人，尤其对于那些愚不可及的女人，母亲会把她们扔进我的怀里，确信我一定会抛弃她们。然后她就会训斥我：

"我家孩子让自己表现得非常造作。这样，他就会变成独身一人。"

我对你们讲这些，目的不在于为自己开脱。把我的厌女症归咎于母亲的狂热，或是我那可怜的父亲的严厉，这是不公平的。我之所以成为自己，是因为没有勇气去做出改变。我看见费利什·文图拉的手指游走在爱人颤抖的身体上，我看见他在她的耳边轻吐出甜言蜜语，我看见他将她抱去卧室（女人表示抗议，挥舞双臂，在快活的大笑声中发出尖叫），然后他把她放到床上。最后，我看见他终于筋疲力尽地睡着了，而我开始理解了自己是如何来到这里的。

\* \* \*

费利什睡下了，他的右臂搭在女人的胸前，手放在她的乳房上。安热拉睁着双眼。她微笑起来。她小心地挣脱出来，然后起身。她只穿了一件花上衣。她的双腿修长又光滑，脚踝处纤瘦得不可思议。她悄无声息地穿过卧室。她用手指尖移开阴影，打开浴室的门，开了灯，然后走了进去。她脱下上衣，把脸上、肩膀和腋下都清洗一番。我注意到她的背上有好几道圆形的暗色伤疤，凸显在金色天鹅绒一般的皮肤上，宛如一道道耻辱。透过镜子，我还能在她的胸乳和腹部看见同样的痕迹。我回到了卧室。费利什喃喃地说着什么。我相信，我听见了"热带草原"这个词。我很想和他聊一聊。如果我现在也入睡，说不定会遇见他，穿着他那件白色的西装，是用粗糙的亚麻布制成的，还戴着他那顶漂亮的巴拿马帽，身处一棵高大的猴面包树下，就在热带草原上的某处，他曾在梦境中穿越过的地方。

丁零，丁零！

是门铃。丁零，丁零！一阵急促的铃声。响个不停。丁零，丁零！费利什跳下床，苍白的身体赤裸着，宛如一道鬼影。他向床头柜上的台灯伸出手，然后打开了灯。安热拉·露西娅身上围着一条毛巾，惊慌地出现在他身边。

"是谁？"

"什么?! 我不知道，亲爱的。有人正在敲门。现在几点了？"

"还是夜里呢。四点二十。"安热拉没有看表就开口说道，接着，她往手腕上瞥了一眼，确认了时间，"没错。四点二十。我从来没弄错过。会是谁呢？"

"我毫无头绪！"

丁零，丁零！丁零，丁零!! 敲个不停。一阵吵吵嚷嚷的声音。费利什打开衣柜，取出一件白色的浴袍。他穿上浴袍。安热拉起了身：

"等一下。"一道沙哑的嗓音，轻声低语，"别去！"

"我去看看。你待在这儿。"

我跟着他匆匆跑过天花板。费利什透过客厅的窗户向外窥探。黑暗笼罩着阳台。丁零，丁零！！！他下定决心，开了门。埃德蒙多·巴拉塔·多斯雷斯跳进了他的双臂间，把他推进屋里，然后关上了门。

"真该死，同志！那些家伙就在我身后。他们就在那儿。他们会杀了我。"

"谁要杀你，该死的?! 解释清楚。"

"那些家伙！"

他穿着内裤，光着脚，苏联共产党的T恤衫似乎已经恢复了一些原本的颜色，也许是由于恐惧，要么就是因为上面真的是鲜血。埃德蒙多晃了晃灰白的发辫，两颗眼珠几乎要跳出眼窝。他从客厅的一边跑到另一边。他合拢了百叶窗。费利什盯着他的一举一动，露出不耐烦的神色。

"冷静下来。坐下来，冷静冷静。我给你倒杯茶。"

他走向了厨房。埃德蒙多跟了上去。他拉下百叶窗，合上护窗板，这才稍微平静了一点。他在一张板凳上坐下，双手撑在桌上，费利什则将水放到灶火上。

"汤，没有汤吗？我更想喝一碗汤……"

安热拉·露西娅出现在了门口。她穿着一件蓝色的男式衬衫，非常宽大，几乎能遮到她的膝盖，想必是从衣柜里拿的。她的脚上趿着一双费利什的拖鞋，也实在太大了。这样的穿着让她显得非常弱小，几乎像是个小孩子。埃德蒙多慌慌张张地说道：

"真对不起，姑娘。我不是想打扰……"

"出什么事了？"

费利什耸了耸肩：

"他们会杀了他，就是这里这位埃德蒙多。让我给你介绍一下。这位是埃德蒙多·巴拉塔·多斯雷斯先生，国家安全部的前特工。或者照他自己的说法，是前人民。我和你说过他。"

"谁要杀了你?!"

"他们要杀了他，而这个家伙想喝汤。好吧，会有一碗汤……"

丁零，丁零！丁零，丁零！丁零，丁零！

埃德蒙多·巴拉塔·多斯雷斯将脸藏进膝盖间。费利什颤抖不已。

"冷静。我去看看是谁。你们不要离开这里，我来解决一切。安热拉，别让他离开。"

他回到了客厅，深吸一口气，然后开了门。在之前的生命里，我曾认识这样的人。他们为风吹过树叶的窸窣声而胆战心惊。他们对蟑螂都充满恐惧，更何况是警察、律师，还包括牙医。然而当巨龙出现在林间空地，张嘴吐出火焰，他们却挺身而出，巍然屹立。镇静而冷酷，就像是天使。

"你想干什么？"

若泽·布赫曼冲进了客厅。他的右手上拿着一把手枪，浑身发抖，嗓音比身体还要抖得更厉害：

"那个混蛋在哪儿？"

"你先把手上的武器给我。带着武器的男人不能进到我家来……"

他坚决地说道，没有抬高嗓门，确信对方会听自己的话。但对方没有理他。若泽·布赫曼快步穿过走廊，径直走向厨房。费利什跟着他，一边大声抗议。我跑了起来，不想错过一出好戏。安热拉·露西娅站在门口，双臂张开。现在她就是那扇门：

"不许过来！"她大喊起来，"该死！你到底是从哪个犄角旮旯里跑出来的？"

我听见了埃德蒙多·巴拉塔·多斯雷斯刺耳的声音，充满了痛苦，在这之后，我才看见他。他背靠着墙站着，双臂垂下，身上的T恤在瘦削的胸膛上泛出红光，镰刀的刀刃和金黄的锤子刹那间闪烁了一下，随后

213

又黯淡下来。

"这家伙是从地狱来的，小姑娘！来自过去！来自魔鬼出逃的地方……"

若泽·布赫曼在安热拉和费利什之间进退两难，前者在身前，后者在背后，还紧紧抓着他的胳膊。他的脸一动不动地面对着女人，疯癫地尖叫起来。突然间，我感觉他宛如一座巨像。颈部肿胀的血管鼓动着，在前额上跳跃：

"没错，我来自过去！那我又是谁？告诉他们我是谁！……"

他毫无预兆地冲出去，动作迅猛又凶暴地推倒了安热拉。他扑到埃德蒙多身上，左手掐住他的脖子，迫使他在自己脚边跪下，将手枪的枪管顶住他的脖颈。

"告诉他们我是谁！"

"一个幽灵。一个魔鬼……"

"我是谁？"

"一个反革命分子。一个间谍。一个帝国主义的代理人……"

"我的名字？"

"戈维亚。佩德罗·戈维亚。我早该在1977年就杀了你。"

若泽·布赫曼一脚踢了上去。一下，两下，三下，四下，五下。他穿着一双沉甸甸的黑色靴子，击打身体的时候会发出沉闷的响声。埃德蒙多没有喊叫，甚至没有打算躲避这几下击打。踢打落在他的胃部、胸膛和嘴巴上。靴子变得鲜红。

"他妈的！他妈的！"

若泽·布赫曼把手枪放到桌上——或者说是佩德罗·戈维亚，随你们怎么叫。他抓起一块布，擦拭起靴子。他继续大叫着"他妈的！他妈的！"，仿佛对方的鲜血在灼烧他的双脚。然后，他在板凳上坐下，把脸藏进手掌，号啕大哭，随之浑身颤抖。埃德蒙多·巴拉塔·多斯雷斯挪到厨房的一角。他背靠着墙坐下，双腿绷直，微笑道：

"我没有忘记你。我也没忘记她，玛尔塔，年轻的玛尔塔·马蒂纽，是知识分子、女诗人、女画家，谁知道还是别的什么。她当时怀孕了，马上就要生了，挺着一个大肚子。圆滚滚的。圆得不得了。我感觉自己好像正在看着她。"

费利什靠在通向走廊的门边，怀抱着安热拉，无声地看着这一幕，震惊不已。佩德罗·戈维亚在哭泣。我不知道他有没有听见埃德蒙多·巴拉塔·多斯雷斯的话。这位国家安全部的前特工似乎正乐在其中。他的嗓音坚决而冰冷，回荡在寂静的夜色中：

"那是发生在很久以前的事情了，对吧？在斗争时期。"他指向安热拉，"我想，那时候这位姑娘还没出生呢。革命危在旦夕。一帮乌合之众，一群不负责任的小资产阶级卑鄙小人，妄图武力夺取政权。我们必须要手段强硬。'我们不能在审判上浪费时间。'那位老人在他的全国演讲中说道，而我们确实没有浪费时间。我们做了不得不去做的事。当一个橙子腐烂了，我们就把它从篮子里拿出来，丢进垃圾桶里。如果我们不把它扔出去，其他所有的橙子都会腐烂。一个橙子被扔出去，两三个橙子被扔出去，然后剩下的就会得救。这就是我们做过的事。我们的工作就是把好橙子和烂橙子分开。戈维亚这家伙，以为自己出生在里斯本，就能逃到那里去。他给葡萄牙领事馆打了电话：'领事先生，我是葡萄牙人，现在却躲在这种地方，请你来救救我吧，现在再加上我的妻子，她是个黑人，但她怀了我的孩子。'啊！啊！你知道葡萄牙领事先生做了什么吗？他去找了那两个人，然后交到了我手上。啊！啊！我真是对领事先生感激不尽，我对他说：'同志，您是个真正的革命者。'我用力拥抱他，尽管这令人作呕，当然了，你们不要觉得我没有一丝迟疑，我倒宁愿往他脸上吐唾沫，但我拥抱了他，没错，我向他道别，之后就去审问那个女孩了。她坚持了两天。然后某日，就在那里，她生下了一个小女孩，就这么大，血，血，当我想起这些，眼前看见的都是鲜血。马贝科，一个南方来的黑白混血儿，死了有一段时间了，结局很愚蠢，在里斯本的一间酒吧里被残忍地砍了两刀，始终也不知道是谁干的。马贝科用一把小刀切断了婴儿的脐带，然后点上一支烟，开始折磨她，烫烧她的后背和胸口。血，该死的！血流成河，那个女孩，那个玛尔塔，有一双月亮一样的眼睛，只要梦见她我就会痛苦不堪，还有婴儿的啼哭和肉体燃烧的气味。时至今日，每当我躺下来，进入梦乡，还能感受到那股味道，听见孩子的哭声……"

"闭嘴！"费利什用一种我闻所未闻的嗓音粗暴地大吼。他又重复道："闭嘴！闭嘴！"

我正待在柜子顶上，从这里能看见他的头颅上燃起了一阵怒气。他松开了安热拉，冲向埃德蒙多，攥着双拳，大叫道：

"滚！滚出去！"

前特工艰难地站起来。他完全站直，轻蔑地瞥了一眼若泽·布赫曼，与此同时，他爆发出一阵粗犷的

大笑:

"现在真相大白了。就是你,戈维亚,那个宗派主义者。前几天,我差点儿就从笑声中认出你来了。在那位领事,你那位同乡把你交到我手上之前,你时常在宗派主义者的集会上发笑。但在狱中,你只是哭。你总是在哭,呜呜,呜呜,像个女人。我现在看着你哭,就仿佛看见了戈维亚那个小家伙。复仇,这就是你想要的?为此你还缺少激情。你缺少勇气!杀人是男人的事。"

这时,

　　宛如

　　　　一段

　　　　　　舒缓的

　　　　　　　　舞蹈:

安热拉穿过厨房,

走近桌边,

右手捡起手枪,

左手推开费利什,

指向埃德蒙多的胸膛

　　　　　　开了枪。

叶子花的呐喊

费利什·文图拉把埃德蒙多·巴拉塔·多斯雷斯那具瘦小的尸体埋在了后院，那里如今盛开着一片鲜红壮美的叶子花。它们生长得很快，已经覆盖了大部分的墙面。花藤垂到墙外的人行道上，仿佛在赞叹，或者是要揭秘什么，无人关注它。几天之前，我鼓足勇气，第一次走向后院。我爬上院墙，心如擂鼓。阳光在玻璃碎片上闪闪发光。我蹑手蹑脚地穿过那些碎片，窥望起这个世界。我看见了宽阔的街道，是一条红色的土路，还有老旧的房屋，显得无精打采，把街道对面搅得杂乱无章。走过的行人都对叶子花的呐喊无动于衷。万里无云的天空、光线营造出的深重寂静以及盘旋的群鸟都让我倍觉惊骇。我匆匆跑回了安全的房屋里。如果那段时间的天气再稍微阴沉一点，我可能还会再走出去。阳光令我头晕目眩，晒伤了我的皮肤，但我还是想更加悠闲地看看那些路过的人们。

费利什一直很伤心。他几乎不与我说话。然而今天他打破了沉默。他走进屋里，摘下墨镜，收进外套的内侧口袋，然后他脱下外套，挂在了椅背上。接着，他打开文件夹，把一个黄色的方形小信封拿给我看。

"又有一张照片寄到了，我的朋友，你看，她还没忘了我们。"

他小心翼翼地打开信封，尽量不把它撕坏。那是一张拍立得相片。一道彩虹照耀着河流，右上角有一道剪影，是一个赤身裸体的男孩正跳入水中。在照片边缘，安热拉·露西娅用蓝色的墨水写着"静谧的河水，帕拉 [1]"以及日期。费利什去找来了一小盒大头钉，是那种小巧的、带着彩色圆头的大头钉。他挑了一个滑稽的浓绿色大头钉，把照片钉在了墙上。然后他后退三步，思索起效果。客厅里，照片几乎完全覆盖了面对着窗户的那堵墙，一起组成了彩色玻璃一样的外观，让我想起大卫·霍克尼 [2] 对拍立得相片所做的尝试。主色调是蓝色。

---

[1] 巴西北部的一个州。

[2] David Hockney（1937— ），美籍英国画家、摄影家、设计师，以使用拍立得相片制作的摄影拼贴作品而闻名，这一形式也被称为"霍克尼式拼贴"。

费利什·文图拉把大藤椅转向墙壁，然后坐到了上面。他就这样一动不动地坐了很久，沉默地看着午后明媚的光线渐渐消逝，而拍立得相片上的光却永远不朽。他的眼中满含泪水。他用手帕拭去眼泪，对我说道：

　　"我知道。你希望我能原谅她。我很抱歉，朋友，但我不能。我想我做不到。"

戴面具的人

刚刚走进来的那个男人让我想起了一个人，然而我无法确定具体是谁。他身材高大，举止优雅，衣着得体，灰白的头发剪得很短，彰显出一种高贵的气质，然而那张极为粗犷的宽大脸庞却又很快显得格格不入。我看见他穿过夜晚昏昏欲睡的灯光，就像一只老虎。他没有理会费利什向他伸出的手，盘腿坐在了皮沙发上，看起来有些心烦意乱。他深深地叹了口气，手指在沙发扶手上敲打着。

　　"我要给你讲一个难以置信的故事。我要把它讲出来，因为我知道你不会相信我。我想用这个关于我自己生活的难以置信的故事，来换取另一个简单而可靠的故事。关于一个普通人的故事。我给你一个不可能的真实，而你给我一个平庸却可信的谎言，你接受吗？"

　　他开了个好头。费利什·文图拉感兴趣地坐了下来。

"你看到这张脸了吗？"那个男人用两只手一起指了指他自己的脸，"但它不是我的脸。"他停顿了很长时间，犹豫不决，最后开始说道："他们偷走了我的脸。而且，该怎么和你解释呢，他们还从我这里偷走了我自己。有一天我醒过来，发现他们给我做了整容手术。他们把我丢在一间诊所里，留下了一个装满美金的公文包和一张明信片。'感谢您所提供的服务。就当您解脱了吧。'明信片上是这么写的。他们本可以杀了我。我也不知道他们为什么不杀了我。也许他们觉得这样会让我更像是死了。或者说，一开始我是这么想的，认为他们想看我饱受折磨。最开始的几天，我的确饱受折磨。我想过把这件事揭发出来。我找了朋友，一些人不相信我，另一些人相信了，虽说我现在戴着这副面具，但毕竟我到底还知道一些事情，不过他们却假装不信。我觉得执着于此似乎有些危险。然后，有一天晚上，就像今天这样，在这座岛屿的顶端，我独自待在一间酒吧的露天座位上，开始享受一种神奇的感觉。我那时不知道该如何为其命名。现在我知道了：自由！这样的处境让我变成了一个自由的人。我拥有财富，拥有国外的银行账户，这足以让我平静地过完余生。作为回报，我无须担负责任、非难、懊悔、妒忌、憎恶、仇恨、阿谀谄媚的阴谋，更不用害怕某一天会有谁背叛我。"

费利什·文图拉胡乱摇了摇头：

"我曾经认识一个人，一个疯子，那种倒霉蛋，总是在这座城市里游荡，扰乱交通，拥护着一个奇怪的论点。他认为总统被一个复制品取代了。你的故事让我想起了那件事……"

那个男人好奇地看着他。他的嗓音变得更为温和，几乎宛如是在梦中：

"所有的故事都是相关的。最后，一切都联系在了一起。"他叹了口气，"但是只有一些疯子，很少，却很疯癫，只有他们才能理解这一点。总而言之，我想让你给我的东西，与其他人通常委托你的目的截然相反。我想让你给我一个卑微的过去，一个毫不出彩的名字，一个模糊不清却无可辩驳的家谱。会有那种腰缠万贯，却没有家族和荣耀的人，不是吗？我就想成为他们中的一员……"

第六个梦

我们面前立起了一个高高的鸟笼，又大又深，间或模糊地响起阵阵欢快的鸟鸣。虎皮鹦鹉、横斑梅花雀、针尾维达鸟、安哥拉蓝饰雀、冠蕉鹃、斑鸠、蜂虎。我们坐在破旧不堪的塑料椅上，在一棵枝繁叶茂的杧果树散布出的阴影底下。一面低矮的白色砖墙横在我们左边。高耸入云的木瓜树上结满了果实，在墙边摇首摆尾，像是混血女人一样懒洋洋的。往右边看去，朝向房屋的方向，栽种着一排排的橙子树、柠檬树和番石榴树。再往前，还有一棵巨大的猴面包树，支配着整片果园。它被放在那里，似乎只是为了提醒我，这不过是一场梦。纯粹是虚构的。母鸡在红土上啄食，又在绿油油的草丛里拉扯着身后的一窝小鸡。若泽·布赫曼清楚地向我展露出一个胜利的微笑。

"欢迎来到我这不值一提的酋长领地。"

他拍了拍手，紧接着，一个怯生生的女孩从阴影中现身，她身材纤细，穿着小短裙，小巧的脚丫上趿着塑料凉鞋。布赫曼让她给自己拿一杯冰啤酒，再给我一杯红果籽果汁。那个女孩低下了头，一言未发地消失了。过了一会儿，她又回来了，稳稳地端着一个彩色的托盘，上面是一瓶酒、两个杯子和一壶果汁。我半信半疑地尝了一口果汁。很好喝，苦涩的同时却又很甜，而且非常鲜美，带着一股能把最黑暗的灵魂也点亮的香气。

"我们在希比亚，不过你已经知道这一点了，不是吗？感谢我们共同的朋友，我们亲爱的费利什，感谢他创造了这片土地。无论说再多遍，我对他的感激之情也永远表达不尽。"

"请原谅我有点好奇。在这一地区的一座墓地里，真的存在那么一块墓碑，上面写着马特乌斯·布赫曼的名字吗？"

"存在。有一些墓碑毁坏了，但在这之中，为什么不会存在呢？那块属于我父亲的墓碑。我命人做了那块墓碑。你看见它了。你看见照片了，不是吗？"

"我懂了。那埃娃·米勒的那些水彩画呢？"

"我的确在一个古董商那里找到了，在开普敦一家神奇的店铺，那里什么都卖一点，从珠宝到相册，再到老旧的照相机。埃娃·米勒是一个普通的名字。想必世界上有几十位水彩画家叫这个名字。我杜撰了一则她的死讯，刊登在了约翰内斯堡《世纪》报上，没错，是我做的，在一位葡萄牙印刷工朋友的帮助下。我必须让费利什本人相信我讲述的自传故事。如果他信了，那所有人就都会信。现在，诚恳地说，就连我也信了。我回望身后，看向我自己的过去，然而看见了两段人生。在其中一段里，我是佩德罗·戈维亚，另一段里则是若泽·布赫曼。佩德罗·戈维亚死了。若泽·布赫曼回到了希比亚。"

"你知道安热拉是你的女儿吗？"

"我知道。我在1980年出狱。我被毁掉了，完全被毁掉了：身体上、精神上、心理上。埃德蒙多和我一起到了机场，让我坐上飞机，送我去葡萄牙。没有人在等着我。我在那里已经没有家了，至少我所认识的家已经没有了，我什么都不剩了，一点联系也没有。我的母亲死在了罗安达，就在我被捕的时候，真可怜。我的父亲在里约热内卢生活了许多年，和另外一个女人在一起。我之前不怎么与他联系。我出生在里斯本，没错，但很小就去了安哥拉，那时我甚至还不会说话。其他的囚犯和条子对我说，葡萄牙是我的祖国，他们在监狱里这么对我说，然而我从未觉得自己是个葡萄牙人。我在里斯本待了两三年，为一家周刊做校对员。就是在那段时间里，我与报社的摄影师有了接触，开始对摄影感兴趣。我报了一个速成班，然后出发去了巴黎，又从那里去了柏林。我开始以摄影记者为业，几年间，几十年间，我漫游世界，从一场战争到另一场战争，试图将我自己遗忘。我赚了很多钱，真的是很多钱，但我不知道该怎么花。没有什么能吸引我。我的人生就是一场逃亡。有一天晚上，我发现自己在里斯本，从一处到另一处的必经之地。在光复广场[1]附近的一家餐厅里，一种仿佛我母亲做的鸡杂的味道将我吸引了进去，我与一名老同志重逢了。就是他第一次对我谈起了安热拉。埃德蒙多，那个婊子养的家伙，每次审问我的时候，都会兴致勃勃地告诉我他如何杀了我的妻子。他还对我说，他把孩子也杀了。结果他们根本没杀她。他们在我母亲面前折磨她，你听听！但他们没杀她。他们把她交给了玛丽娜，玛尔塔的姐妹，她将孩子抚养长大，像是对待自己的亲生女儿一样。得知这件事，我心烦意乱。许多年过去了，我已经老了。我想与自己的女儿相认，想陪在她身

---

[1] 里斯本的一个广场，位于自由大道东南段，为纪念 1640 年葡萄牙从西班牙的统治中独立而建。

边，但我没有勇气告诉她真相。我昏了头。一股仇恨向我涌来，一股对那个人，对埃德蒙多的粗暴的怨恨。我想杀了他。我觉得，如果我杀了他，就能直面我的女儿了。杀了他，也许我会获得新生。我回到了罗安达，但还不知道自己究竟要做什么。我害怕被认出来。在旅馆里，在一张酒吧的桌上，我发现了一张名片，是我们的朋友费利什·文图拉的。'保证给您的孩子一个更好的过去。'纸质很好。印刷很好。就在那时我有了委托他的想法。用另一个身份，我就能更容易地在这座城市里走动，不会引起怀疑。我可以杀掉埃德蒙多，然后就消失。但我想让他知道自己为什么会死，我想用那些罪行与他当面对质，我承认，本质上，我就是想要复仇。找到他是一件难事，而当我找到时，我发现他已经疯了。至少看起来是疯了。我和他一起去了费利什家里，因为我需要听一听别人的看法。费利什觉得没错，埃德蒙多疯了，而那段时间里，我想要放弃了。我不能杀死一个疯子。一天晚上，我等那家伙离开他惯常藏身的下水道，然后钻了进去。在那里，那个肮脏的洞穴里，有一张床垫、脏衣服、杂志、马克思主义文学，还有，你相信吗，还有一系列附有国家安全报告的档案，与几十个人有关。我的案件记录是最早的几个之一。我就在那里，一只手拿着手电筒，另一只手拿着档案，激动又混乱，埃德蒙多突然间出现，像是那种苦不堪言的灵魂。他从下水道洞口跳进了里面，落在了离我两步远的地方。他手上攥着一把刀。他在笑，我的天啊，他的笑声！他对我说：'我们两个又面对面了，佩德罗·戈维亚同志，这次我要干掉你。'然后他攻击了我。我一脚踢开他，从皮带上抽出一把手枪，几天前，我在罗克·桑泰罗市场[1]上买下了这把枪，瞧吧，然后我开了枪。子弹碰到了他的胸口，只是擦了过去，我丢掉手电筒，丢掉了一切，感到慌张不安，而那家伙爬上了洞穴。我牢牢地抓住他的双腿，他不停摇晃，扭动身体，挣脱了出去，在我手上留下了一条裤子。我追了上去。其余的你都已经知道了。你当时就在那里。你是之后发生的一切的目击者。"

"那安热拉呢，她知道你是她的父亲吗？"

"她发誓，她知道。她告诉我，玛丽娜多年以来一直向她隐瞒了这段悲剧。直到有一天，不可避免地，有一个人，一个同学，我觉得是她在大学里的朋友，向她

---

[1] 罗安达的一个大型露天市场，得名于一部 1980 年代巴西同名电视剧，该剧讲述了英雄罗克·桑泰罗拯救人民的故事。该市场于 1991年开业，其发展与安哥拉内战密不可分，是武器和毒品走私的活跃场所。

暗示了一些事。安热拉的反应糟糕极了。她对玛丽娜和她的丈夫大发雷霆，毕竟她的父母，她真正的父母都是非常出色的人。她对他们发了火，然后离开了安哥拉。她去了伦敦，去了纽约。她知道我曾是一名摄影师，这让她也对摄影产生了兴趣。就像我一样，她也成了摄影师，而且，就像我一样，她也变得居无定所。几个月前，你曾诧异于这桩巧合：我们两个都是摄影师，而且差不多都在同一时间回国。你不相信这是巧合。好吧，如你所见，这不完全是巧合。安热拉发誓，在她看见我的那天晚上，你记得吗，有一天晚上在你家里？她发誓说她看见我，将目光停留在我身上的那一刻，她就猜到了我是谁。我不知道。当我想起那次见面，感到惊恐万分。没错，我知道她是谁。我们之中谁也没有说话。我们都闭口不言。几个月过去了，那时，那天晚上，我向埃德蒙多开了枪，然后他去唯一可能收留自己的那个人那里寻求庇护：费利什·文图拉，加斯帕尔老师曾经的学生，他们是同一个部落的人……"

若泽·布赫曼闭嘴了。他将剩下的啤酒一饮而尽，随后变得出神，目光潜入杧果树浓密的叶片之中。这座大院子非常适合他。树荫落在我们身上，像是涌上来一股清凉的水。一会儿，粗犷热烈的蝉鸣加入了鸟儿的歌声之中。一阵困意向我袭来，我想闭上眼睛睡觉，但我忍住了，我敢肯定，如果我在那时睡着了，片刻便会醒来，变成一只蜥蜴。

"你有安热拉的消息吗？"

"我会有的。现在她应该正沿亚马孙河顺流而下，乘着一艘缓慢又慵懒的驳船，夜里用吊床盖住的那种。那里有大片天空。水上波光粼粼。我希望她能感到幸福。"

"那你呢，你幸福吗？"

"我终于感到了平静。我无所畏惧，也无欲无求。我想这可以称为幸福。你知道赫胥黎说过什么吗？幸福从来就不伟大。[1]"

"你会成为什么样呢？"

"我也不知道。可能会成为外祖父吧。"

---

[1]　出自英国作家阿道司·赫胥黎的长篇小说《美丽新世界》。

费利什·文图拉开始写日记了

今天早上，我发现欧拉利奥死了。可怜的欧拉利奥。它掉在了我的床脚边，还有一只巨大的蝎子，一只恐怖的虫子，它也死了，被欧拉利奥的牙齿咬住了。它是战死的，像是个勇士，但它不认为自己很勇敢。我将它埋在了后院，在那棵鳄梨树的枝干旁边，用一条丝绸手帕装殓，这是我最好的手帕之一。我挑选了鳄梨树朝向西方的那一面，那里总是很阴凉，所以非常湿润，覆满了苔藓。和我一样，欧拉利奥也从来不喜欢太阳。我会想念它的。我决定开始写这本日记，就从今天写起，为了让有人在听我说话的错觉持续下去。我再也不会有像它一样的听众了。我觉得它曾是我最好的朋友。我猜，我再也不会在梦中与它相遇了。说实话，过去的每一分每一刻，我对它留下的记忆，越来越像一个沙子堆砌的建筑。一段梦境的记忆。也许我完整地梦见了这些：它，若泽·布赫曼，埃德蒙多·巴拉塔·多斯雷斯。我不敢在院子里挖洞，在叶子花旁边，因为我可能什么都找不到，这会让我无比惊骇。至于安热拉·露西娅，倘若我梦见她，我会梦见她过得很好。她还在继续给我寄明信片，每隔三四天寄一张，几乎是真实的。我在阿尔泰尔网购了一张巨大的世界地图。巴塞罗那的阿尔泰尔是我最喜欢的书店。只要去巴塞罗那，我就会花上两三天的时间，迷失于阿尔泰尔，查阅书籍和地图，还有相册，为我将来某一天的旅行做规划，主要是为那些我永远不会出发的旅行做规划。我将地图挂在了客厅墙上，固定在一张软木板上，旁边是安热拉·露西娅的拍立得照片。每一张明信片都附有一段注释，里面提到了图像的采集地点，因此我能轻易地跟从她的路线（我用绿色的大头钉把每个地方都扎上了）。我看见她沿亚马孙河下到帕拉州的贝伦[1]。我估计她之后租了一辆车，或者，我觉得她更有可能乘了一辆公交车，向南方驶去。从马拉尼昂州的圣路易斯[2]，她给我寄来了一艘带

[1] 贝伦市位于巴西东北部帕拉河畔，是帕拉州的首府。

[2] 圣路易斯市是巴西东北部马拉尼昂州的首府。

有方形船帆的小船在火焰中的剪影："阿尼尔河[1]，二月九日。"四天之后，我又收到了一张相片，是一个小孩的手，正扔出一架纸飞机，背景是一条河流流淌而过，在迟钝的阳光下显得臃肿又灰暗："卡纳里亚斯岛，巴纳伊巴三角洲[2]，二月十三日。"我不难想象她未来几天的路线了。昨天，我买了一张去往里约热内卢的机票。后天我就会从桑托斯·杜蒙特机场飞往福塔莱萨机场。[3] 我想要找到她并不困难。如果若泽·布赫曼能在柏林的一间电话亭里找到一个同乡，一个戴着镣铐的人，唯一的参考物是一个交通信号灯，那我就能更快地找到一个喜爱拍摄云朵的女人。我也不知道等我找到她之后要做什么。我希望你，我亲爱的欧拉利奥，无论你在哪里，希望你能帮我做出正确的决定。我是万物有灵论者。我一直是，但我刚刚才想到这一点。水会流动，而类似的事情也会发生在灵魂上。今天它是一条河。明天它会成为大海。水所呈现的是容器的形状。在一个瓶子里，它就像一个瓶子。然而，它并

---

[1] 巴西河流，从圣路易斯南部到圣马科斯湾口，全长 13.8 公里。

[2] 位于巴西东北部，具有丰富的动植物资源。

[3] 桑托斯·杜蒙特机场是里约热内卢两大机场之一，主要运行国内航线，以巴西民航先驱桑托斯·杜蒙特的名字命名。福塔莱萨机场是巴西北部和东北部国际旅客流量最大的机场。

不是一个瓶子。欧拉利奥将永远是欧拉利奥，或是在人身上，或是在鱼身上。我想起了马丁·路德·金向人们演讲的那张黑白图片："我有一个梦想。"在此之前，他应该还说了："我做了一个梦。"仔细想想，有一个梦和做了一个梦之间有些区别。

我做了一个梦。

里斯本，2004 年 2 月 13 日

# 记忆、历史与重建中的国家——代译后记

"费利什·文图拉，保证给您的孩子一个更好的过去。"本书的主人公，那位"贩卖过去的人"，在名片上如此宣传自己的工作。初次读到这句话时，想必许多人会下意识将其直接解读为伪造文件、售卖假身份。而在故事开端，古怪的外国人在某天夜晚上门造访，拿着一沓大额钞票向费利什·文图拉表明来意，这样的业务内容被文图拉本人矢口否认——他贩卖过去、编织梦境、修补记忆，而在文图拉眼中，这与单纯的造假证是截然不同的。

费利什·文图拉的主要客户群体来自一个新兴的社会阶层，这与小说中故事所发生的时代背景密不可分。1975年，安哥拉摆脱了葡萄牙的殖民统治，获得了民族独立，然而此时，国内局势仍旧动荡不安，很快又开始了更为旷日持久的内战。阿瓜卢萨的作品正是这一时

期安哥拉社会的真实写照，尽管国家已经独立，但战争所带来的痛苦与创伤仍始终伴随着人们的生活，成为安哥拉人民挥之不去的阴影。此时，"企业主、各部部长、农场主、钻石走私商和军官"，这一全新的资产阶级找上费利什·文图拉，他们无一例外拥有光明的未来，却想要从记忆商人处得到"一个美好的过去"，这既是在国家独立后粉饰自身、争取经济与政治权力的需要，也是一种重塑过去的诉求，深深反映出安哥拉人对摆脱战争伤痛的渴望，以及由此引发的对身份塑造的焦虑与不安。

《贩卖过去的人》中，无论是老埃斯佩兰萨在武装袭击中死里逃生，从此坚信自己对死亡免疫，还是小时候偷摘枇杷的男孩在长大后入伍成为工兵，参与清除地雷时嘴巴里仿佛又品尝出枇杷的味道，许多细节处都能令读者感受到战争对国家和亲历者造成的影响，或是如老埃斯佩兰萨一般变得更为坚强有力，或是像枇杷男孩那样将自己的经历变成一个充满讽刺的玩笑，而只有战争的伤痛确实埋在了人们的记忆中，就像数以千万的地雷埋在了安哥拉的土地里。

没有人确切地知道安哥拉的土地里埋了多少颗

地雷。一千万到两千万。地雷有可能比安哥拉人还多。（第 13 页）

除了战争所带来的深刻影响，安哥拉人民记忆与身份构建问题的另一个表现是文化的融合。阿瓜卢萨作为巴西与葡萄牙移民的后代，本人便是一位带有多元文化背景的作家，童年时跟随父亲游走多地的生活与之后在里斯本求学的经历更是丰富了这一点。安哥拉的社会也充满了类似的复杂性，漫长的殖民历史破坏了非洲的本土文化习俗，而同时发生的各种经济活动与人口流动，不可避免地带来了葡萄牙的文化与意识形态。如何在这种复杂且混乱的融合中定位自己的身份，找到民族的归属感与认同感，成为战后安哥拉社会面临的重要问题，也是包括《贩卖过去的人》在内阿瓜卢萨许多作品的永恒主题。

费利什·文图拉，一个因患有白化病而被误认为白人的黑人，在客人面前坚定宣称自己"是纯正的黑人"：

"白人，我?!"白化病人一下子喧住了。他从衣兜里掏出一张手帕，拭干额头，"不，不是！我是黑人！我是纯正的黑人。就是当地人。你没看出我

是黑人吗?"(第24页)

　　这一显然特意而为的主人公身份,无疑是阿瓜卢萨所设计的一个小小讽刺。在他看来,从来没有所谓"纯正的黑人""纯正的白人"或"纯正的安哥拉人",因为安哥拉的历史已经与葡萄牙的殖民关联颇深,在多方面都经历着一种交汇混合的过程,这也恰恰成为安哥拉人民寻求身份认同中无法回避的一部分。正如阿瓜卢萨自己曾在接受巴西《论坛》杂志的采访时说道:

　　　　我不喜欢民族主义。民族主义几乎总会导向法西斯主义。在作为安哥拉公民之前,我是世界公民,我有权利书写整个世界,有权利阅读那些伟大的作家并吸收他们带给我的影响。有一个种族主义的陷阱,预设了非洲作家只能书写有关自己家后院的内容,否则就是异类。但与此同时,欧洲作家却可以书写非洲,甚至十分合适——展现出对于他人文化的开放。这种现象可以总结为:对白人而言,是整个世界;对黑人而言,是自己家后院。[1]

---

[1]　AGUALUSA, José Eduardo. Angolano, cidadão do mundo (entrevista). In: *Forum*, São Paulo, 20 out. 2011.

在这个意义上，阿瓜卢萨似乎为这一身份建构的问题给出了他的解答。在《贩卖过去的人》中，名为"欧拉利奥"的蜥蜴作为一个拟人化的叙述者，其断尾脱身的习性似乎象征着文图拉那些渴望摆脱过去、开启全新人生的客户，然而欧拉利奥在梦境中获得化身，以人类的形态目睹参与了形形色色的社会活动，并在和费利什·文图拉同居一室的过程中，见证了那位外国人成为"若泽·布赫曼"，又在最后被揭露出真名与真实过去的全过程。这恰恰说明，无论对于一个人，还是一个社会、一个国家而言，过去所发生的一切都是无法抛弃、无法割离的，这是在定义身份、寻求认同的过程中必须正视的一点。正如故事的开头，费利什·文图拉听过的那首歌《给一条河流的摇篮曲》歌词所说："过去就是一条入睡的河"，"记忆是一道变化莫测的谎言"，即便选择掩饰，或是选择遗忘，伤痛和苦难也从未消失，"过去"只是"入睡了"，而一旦唤醒，便将成为记忆最不可忽视的存在。

因此，不难理解有评论家将《贩卖过去的人》解读为一部历史学元文学，从对人们记忆的探讨，拓展到对国家历史的思考。小说的结尾，蜥蜴欧拉利奥死去了，而费利什·文图拉却接过它的职能，开始写日记，尝试记录下自己所经历与见证的过去，将无形的记忆转化为有形的文字。正如安哥拉的国家与人民，在经历过战争的洗礼与动荡的岁月过后，站在痛苦与创伤的废墟之上，崭新的社会、文化与身份正在形成。今天，对于许多中国读者而言，非洲的历史与文化仍显得相对陌生，《贩卖过去的人》一书作为阿瓜卢萨的代表作，语言精练，情节精彩，无疑可以成为一个认识和了解非洲的良好窗口。而在全球化的影响日益加深的当代，随着我们与各国间交流增多，阿瓜卢萨在书中所传达的思想与主题也表现出了更多的现实意义，带给我们值得思考的内容。

朱豫歌

2023 年 2 月于里斯本

文
景

社科新知 文艺新潮

Horizon

**贩卖过去的人**

[安哥拉]若泽·爱德华多·阿瓜卢萨 著

朱豫歌 译

出 品 人：姚映然
责任编辑：杨 沁
营销编辑：杨 朗
封面设计：崔晓晋

出　　品：北京世纪文景文化传播有限责任公司
　　　　　（北京朝阳区东土城路8号林达大厦A座4A 100013）
出版发行：上海人民出版社
印　　刷：山东临沂新华印刷物流集团有限责任公司
制　　版：北京百朗文化传播有限公司

开 本：850mm×1168mm　1/32
印 张：8.125　　字 数：127,000　　插页：2
2023年8月第1版　　2023年8月第1次印刷
定 价：59.00元
ISBN：978-7-208-18407-7/I·2099

图书在版编目（CIP）数据

贩卖过去的人/（安哥拉）若泽·爱德华多·阿瓜卢
萨著；朱豫歌译. -- 上海：上海人民出版社，2023
ISBN 978-7-208-18407-7

Ⅰ.①贩… Ⅱ.①若… ②朱… Ⅲ.①中篇小说－安
哥拉－现代 Ⅳ.①I474.45

中国国家版本馆CIP数据核字（2023）第128726号

本书如有印装错误，请致电本社更换 010-52187586

Funded by the DGLAB/ Culture and the Camões, IP - Portugal